# 후아유

Who are you

조진행 판타지 장편소설

FANTASY STORY & ADVENTURE

5

dream books
드림북스

# 후아유(Who are you) 5

에르 라크리마(엘의 눈물)

초판 1쇄 인쇄 / 2011년 7월 19일
초판 1쇄 발행 / 2011년 7월 29일

지은이 / 조진행

발행인 / 오영배
편집팀장 / 신동철
편집 / 박민선
편집디자인 / 신경선
펴낸 곳 / (주)삼양출판사 · 드림북스

주소 / 서울특별시 강북구 송천동 322-10호
대표 전화 / 02-980-2112  팩스 / 02-983-0660
편집부 전화 / 02-980-2116  팩스 / 02-983-8201
블로그 / blog.naver.com/dreambookss

등록번호 / 제9-00046호
등록일자 / 1999년 3월 11일



값 9,000원



ISBN 978-89-542-4108-3  04810
ISBN 978-89-542-4103-8  (세트)

* 지은이와 협의하에 인지는 생략합니다.
* 잘못된 책은 구입한 곳에서 바꾸어 드립니다.

후아유
조진행 판타지 장편 소설
5
FANTASY STORY & ADVENTURE
에르 라크리마(엘의 눈물)
dream books
드림북스

# 후아유

**5** 에르 라크리마(엘의 눈물)

Contents

# 제1화

## 어떤 그리움

"하나카, 멀리 가더라도 꼭 연락해."

"미노루(みのる), 너나 잊지 마."

아홉 살 소년 소녀가 애틋한 눈으로 서로를 바라보았다.

"하나카~ 어서 오렴. 이제 가야지."

멀리서 엄마가 부르는 소리가 들려왔다.

"……."

하나카가 미노루의 시선을 슬며시 외면했다. 가야 할 시간이었다.

잠시 후 하나카는 힘없이 몸을 돌려 이삿짐차로 향했다.

엄마가 웃으며 조수석의 문을 열어주었다.

"괜찮아. 도쿄에 가면 좋은 친구들이 많으니까."

"하지만 미노루는 없잖아."

"미노루가 그렇게 좋아?"

"응."

"엄마 말 믿어. 지금은 슬퍼도 시간이 지나면 다 괜찮아질 거야."

"……."

아오모리를 떠나던 날 엄마는 분명히 그렇게 말했다. 시간이 지나면 괜찮아질 거라고.

그 말은 맞았다. 시간은 슬픔을 가져갔다.

생활고를 견디다 못한 엄마가 집을 나가고, 얼마 지나지 않아 아빠도 돌아오지 않았다.

미노루에 대한 추억은 물론, 엄마 아빠를 잃은 슬픔도 시간이 해결해주었다.

첫 남자는 나츠키(夏樹: 여름나무)였다. 그 뒤로 몇 명의 남자와 잠을 잤지만, 기억하지 못했다. 나츠키를 기억하는 것은 그가 자신을 사창가에 팔았기 때문이다. 이리저리 팔려 다니던 자신을 마지막으로 거둔 남자는 마츠모토 구미(松本組)의 킬러인 미나즈키(水無月)다.

킬러가 되자 가장 먼저 잘생긴 나츠키를 찾아갔다.

그날 밤 나츠키는 오줌까지 지리며 살려달라고 애원했다.

하지만, 그를 살려둘 이유는 없었다.

나츠키 외에도 자신을 거쳐 간 남자를 죽이고 싶었지만, 그렇게 하지 못했다. 갑자기 착해져서가 아니라, 남자들의 이름을 기억하지 못해서다.

기생오라비처럼 생긴 나츠키의 이름 이외에는 도무지 기억이 나지 않았다. 남자들에 관한 한 기억상실증에라도 걸린 것 같았다.

머릿속에 남아 있는 남자의 이름은 미노루와 나츠키와 미나즈키뿐이다. 하지만 나츠키는 죽였고, 미나즈키는 야쿠자 간의 전쟁 통에 살해당했으니, 살아 있는 사람은 미노루뿐이다.

갑자기 미노루가 미치도록 보고 싶었다.

강유진이라는 남자의 얼굴을 보지 않았다면 떠올리지 못했을 이름이다. 확실히 강유진이라는 사내는 이목구비가 소꿉친구 미노루를 닮았다.

"미노루……."

사토가 하나카의 어깨를 가볍게 흔들었다.

"어이, 일어나라."

"으음……."

하나카가 힘겹게 눈을 떴다. 미노루의 얼굴이 아련하게 사라져갔다.

하나카의 입에서 짧은 한숨이 흘러나왔다.

"하아! 남의 좋은 꿈을 다 망쳐 놓고 무슨 소리 하는 거예요?"

"안됐군. 애인 이름이 미노루였던가? 인상을 고약하게 쓰기에 가위에라도 눌린 줄 알았다."

하나카는 못 들은 척 주변을 둘러보았다.

"다들 어디에?"

"쇼핑을 하러 간다던가?"

"미쳤군요. 이런 시기에 쇼핑을 가다니."

"아니, 오히려 휴식이 필요한 시기라고 생각한다. 상대가 경계를 하고 있을 테니까, 한숨 돌리고 가는 게 더 확실하다."

"언제까지 쉴 생각이죠?"

"경계가 느슨해졌다는 확신이 들 때까지다."

"기약 없는 기다림이 되겠군요."

"그보다 묻고 싶은 게 있다."

"뭐죠?"

질문 대신 사토는 하나카의 눈을 정면으로 바라보았다. 어떤 거짓말도 허락하지 않겠다는 단호한 표정으로 말이다.

"어제는 '원 샷 원 킬'의 하나카답지 않았다."

'원 샷 원 킬'은 마츠모토 구미 최고의 저격수인 하나카에게 따라다니는 몇 가지 별명 가운데 하나다. 그녀는 지금까지는 단 한 번의 실수도 없이 총 한 발에 한 사람을 죽였다. 모두가 불가능하다고 말하는 극한의 상황 속에서도 원 샷 원 킬의 신화를 이어왔었다. 그런데 뛰어난 부사수의 도움이 있었음에도 실패했다니 믿어지지 않았다.

"글쎄요. 녹이 좀 슬었나 보죠."

하나카가 어깨를 으쓱해 보였다.

"30센티를 비껴갔다는 것은 무슨 소리였나?"

"신경 쓰지 말아요. 총신이나 실탄의 상태에 따라 얼마든지 일어날 수 있는 일이었으니까. 인간이 하는 일이 다 그런 거 아닌가요?"

"총이나 실탄의 문제였다면 신경 쓰지 않아도 되지만…… 만약 그게 아니라면 우리는 최악의 일에 휘말린 것일 수도 있다."

"최악의 일이라뇨?"

하나카가 의아한 표정으로 사토를 바라보았다.

"아직은 신경 쓰지 않아도 된다. 나는 지난번 실패가 우연인지 아닌지를 알고 싶었을 뿐이다."

말과 함께 사토가 돌아섰다.

그런 사토를 향해 하나카가 차가운 음성으로 말했다.

"비밀이란 건가요? 하지만 그것 때문에 우리가 위험해질 수도 있어요."

잠시 서 있던 사토가 피식 웃었다.

"우리가 위험하지 않은 적이 있었던가? 궁금한 얼굴이니 한 가지만 가르쳐주도록 하지. 만약 우연이 아니라면, 우리는 터무니

없는 일에 휘말린 것이 되고 만다. 그때는 한 사람이라도 살아서 도망갈 길을 궁리해야 할지도 모르지.”

그 말을 끝으로 사토는 방을 나갔다.

하나카가 멍한 표정으로 방문을 바라보았다.

한 사람이라도 살아서 도망갈 길을 궁리해야 할지도 모른다니?

‘하아!’

저도 모르게 한숨이 흘러나온다.

아무리 생각해도 ‘근성의 사토’라 불리는 남자의 입에서 나올 소리가 아니다. 대체 사토가 알고 있는 터무니없는 일이란 무엇일까?

*　*　*

룸에 설치된 대형 TV를 통해 스테이지에서 춤추고 있는 여자들을 살피던 사사키(佐木)가 한 여자를 가리키며 소리쳤다.

“빙고! 난 저 여자로 정했어! 보이지? 저 하얀 미니스커트의 여자야! 당장 저 여자를 데려오지 않는다면 난 이번 일에서 손을 뗄지도 몰라!”

떼를 쓰는 듯한 사사키의 말에 눈썹에 피어싱을 한 남자가 인상을 가볍게 찡그렸다.

“이봐, 당신이 저 여자와 무슨 짓을 하건 관심 없어. 하지만 맡은 일에 대해서는 함부로 떠벌리지 않는 게 좋을 거야. 도쿄에 있는 당신 오야붕도 그걸 원할 거라고."

"뭐라고?"

사사키가 잡아먹을 듯한 눈으로 안내원을 쏘아보았다. 분위기를 띄워 달라고 한 말인데 오히려 충고를 들으니 기분이 상한 것이다.

"고작 안내원 따위가 할 말이 아니다!"

눈썹에 피어싱을 한 남자가 어깨를 으쓱해 보였다.

"고작 안내원 따위에게 그런 말을 듣고 싶지 않으면 행동을 잘하란 소리다."

"뭐얏! 죽고 싶나!"

분노를 참지 못한 사사키가 자리에서 벌떡 일어섰다.

사사키와 안내인 사이에 긴장이 흘렀지만, 그건 어디까지나 두 사람만의 일이었다. 다른 사람들은 두 사람의 시비에 일절 관여하지 않았다.

딱 한 사람, 부팀장 노도카(長閑)만 아니라면 당장 칼부림이 일어나도 이상하지 않을 분위기였다.

"두 사람, 그쯤 해둬라. 적전분열(敵前分裂)이라니, 우습지 않나."

"제길!"

먼저 실언을 한 사사키가 이를 악물고 자리에 주저앉았다. 여기서 일이 더 커지면 자신에게 이로울 게 없으니 스스로 마음을 정리한 것이다.

그러면서도 사사키의 눈은 안내인에게서 떨어지지 않았다.

'건방진 놈, 겨우 안내인 주제에 훈계라니. 용서하지 않겠다.'

그런 사사키의 마음을 아는지 모르는지 피어싱의 남자는 더 이상 사사키에게 시비를 걸지 않았다. 그리고 아무 일도 없었다는 듯 태연한 얼굴로 노도카에게 물었다.

"호텔에 남아 있는 두 사람은 교제 중인가?"

노도카가 어이가 없다는 표정으로 피어싱의 남자를 바라보았다.

팀장인 사토와 하나카를 두고 그런 농담을 하다니? 더구나 아직도 한쪽에서 사사키가 도끼눈을 하고 노려보고 있는데!

"그쪽도 말이 지나치군. 사사키 탓만 할 게 아니라 자신의 입도 좀 관리해야겠어. 그리고 팀장과 하나카는 그런 관계가 아니다. '근성의 사토'와 '죽음의 꽃'이라고 불리는 사람들이다. 그런 두 사람에게 교제라는 말이 어울린다고 생각하나?"

"아, 그런가? 미안하군. 공교롭게 두 사람이 보이질 않아서 해본 소리다."

"당신은 안내인치고는 호기심이 많군."

노도카가 의미심장한 눈으로 피어싱의 남자를 바라보았다. 상대의 정체를 알면서도 두려움이나 긴장을 하지 않고 있다. 게다가 안내인답지 않게 시종일관 당당하다. 그런 남자를 보통 사람이라고 생각하면 바보가 아닌가?

"바로 보았다. 나는 단지 호기심이 많을 뿐이다."

"당신은 누구……."

노도카가 안내인의 이름을 물으려 할 때다.

돌연 피어싱의 사내가 사사키를 향해 시선을 돌렸다.

"이봐, 사과의 뜻으로 지금 저 여자를 데려다 주겠다. 당신 정도의 얼굴이면 저런 여자는 싫다고 밀쳐도 달라붙을 거다. 나머지는 알아서 하도록."

"쳇! 병 주고 약 주는 건가."

못마땅한 표정으로 중얼거리던 사사키가 모니터로 시선을 돌렸다.

여자의 농염한 몸매가 현란한 조명 아래에서 번득이고 있다. 저 정도의 선물이라면 조금 전의 무례는 용서해줄 수도 있을 것 같다.

사사키의 표정이 조금 풀어졌다.

피어싱의 사내는 뒤도 돌아보지 않고 룸을 빠져나갔다.

들뜬 얼굴로 모니터를 살펴보고 있는 사사키와 달리 부팀장인 노도카의 표정은 좋지 않았다. 절묘한 타이밍에 자신의 말을 끊고 나가버린 안내인 때문이다.

쟁쟁한 킬러들을 관리하고 있는 자신의 질문도 가볍게 흘려버릴 수 있는 안내인의 기백이 부담스러웠다. 단순한 안내인이 아니라는 것은 알았는데, 도대체 상대의 크기를 짐작할 수가 없다. 저 정도의 사내가 고작 안내인에 불과하다니? 이해할 수 없었다.

잠시 후 안내인은 사사키가 점찍은 여자와 그녀의 일행으로 보이는 세 명의 아가씨들을 한꺼번에 몰고 돌아왔다.

안내인이 차례로 여자들을 앉히며 이죽거렸다.

"기생관광 같은 양식장의 물고기보다 자연산 활어가 더 싱싱하다. 이 여자들에게 돈 냄새를 좀 풍겨보라고! 그러면 내 말의 의미를 자연 깨닫게 될 테니까!"

킬러들이 일제히 '와하하' 웃음을 터뜨렸다.

일본말을 알아듣지 못한 아가씨들이 불편한 표정을 지었다.

분위기를 파악한 안내인이 서둘러 웨이터를 불렀다.

그리고 최고급 양주와 안주들로 테이블을 채워 나갔다. 그것으로도 부족하다고 느낀 안내인은 밴드까지 불렀다.

분위기 좋은 음악이 연주되자 아가씨들의 얼굴에 조금씩 활기가 돌았다.

킬러들은 일본 출신이지만 국제적으로 활동을 하는지라 영어를 잘했다. 마침 여자들도 대학생들인지라 기본적인 의사소통에는 문제가 없었다.

서로 간의 통성명이 끝나자 안내인은 유창한 한국어로 킬러들을 IT계의 젊은 사장들이라고 소개했다.

그 뒤로는 안내인이 따로 통역을 하려고 애쓸 필요도 없었다. 욕망에 불타는 킬러들만큼이나 여대생들도 적극적으로 대화에 나섰기 때문이다.

*　　*　　*

"탄두로 보아 저격범은 PSG-1(Präzision Sschützen Gewehr: 정밀사격소총)을 사용한 것 같습니다. 최초 총격으로부터 한 시간 뒤, 정문에서 동북 방면으로 약 2킬로미터 떨어진 마을 산책로에서 사체 두 구가 발견되었습니다. 기조실의 분석에 의하면 저격범들이 목격자를 제거한 것 같습니다. 두 사람 모두 마을 주민으로 확인되었습니다."

박영찬 5차장의 말에 김태식 국정원장이 인상을 찡그렸다. KEF가 창설된 것은 대통령밖에 모르는 기밀 중의 기밀이다. 그런데 그 핵심요원인 강유진을 노린 저격 미수 사건이 일어났다. 그것도 국정원의 요원 양성소 정문에서 말이다. 김태식 원장으로서는 기가 막히지 않을 수 없었다.

"저격범들이라……. 한두 명이 아닐 수도 있다는 말인데……."

김태식 원장이 고개를 설레설레 저었다.

박영찬 차장의 입에서도 한숨이 흘러나왔다. KEF(Korea Extreme Force)를 창설하는 데 가장 큰 공헌을 했다는 이유로 신설된 5차장으로 영전되었다. 물론 5차장이니 KEF니 하는 것들은 모두가 대외적으로 인정하지 않는 기관인지라 승진 자체도 비밀이었지만 말이다. 그런데 정식으로 일을 시작하기도 전에 벌써부터 핵심 요원이 저격당했다. 박영찬으로서는 눈앞이 캄캄할 수밖에 없었다.

"저격범들에 대한 단서는 없습니까?"

"예, 새벽에 일어난 일이라 목격자가 없었습니다."

"전문가들이라면 허술하게 뒤처리를 하지 않았겠지요."

"그렇습니다."

"표적이 강 선생이었습니까?"

박영찬 차장이 잠시 머뭇거렸다.

"그렇습니다. 그의 머리 위치에서 정확히 우측 35센티 되는 지점에 탄두가 박혀 있었습니다. 그날 아침 그의 오른쪽 편에는 아무도 없었습니다."

"강 선생은 그 일에 대해 뭐라고 하던가요?"

"그렇지 않아도 원한을 살 만한 사람이나 조직이 있느냐고 물었습니다. 하지만, 전혀 없다고 하더군요."

"전혀 없다라……."

김태식 원장이 묘한 표정으로 박영찬 차장을 바라보았다.

"물론 저는 그 말을 액면 그대로 믿지 않고 있습니다."

"무슨 의미입니까?"

강유진에 관해서는 박영찬 차장이 전문가인지라 김태식 원장은 더 캐물었다.

"그는 지난해 겨울에도 서울 시내에서 저격을 당한 적이 있습니다."

"호오! 그럼 같은 조직의 소행일까요?"

김태식 원장의 표정이 조금 밝아졌다. KEF와 관계된 저격이 아니라면 그의 부담도 적어지게 되는 까닭이다. 만약 강유진이 KEF의 일로 저격을 당한 것이라면, 국가 최고의 기밀이 새어나간 것이니 대한민국의 미래는 극히 어둡다고 해도 과언이 아니었다.

"하지만 같은 조직이라고 하기에는 민간인을 처치한 수법이 너무 잔인합니다. 게다가 사용된 총기도 전혀 다르고요."

"그렇군요."

김태식 원장의 얼굴에 다시 그림자가 드리워졌다.

"더 큰 문제가 있습니다. 그가 국정원 요원의 연수교육을 받고 있다는 사실이 외부로 새어나간 게 확실하다는 사실입니다."

"국정원 내부에 끄나풀이 있다는 말이겠지요?"

"그렇습니다."

"하아! 그건 보안교육을 아무리 강화해도 어쩔 수 없는 부분입니다. 사람은 로봇이 아니니까요. 여전히 열 길 컴퓨터 속은 알아도 한 길 사람 속은 모르는 시대니까요. 이중 삼중으로 강 선생의 신원에 대해 연막을 치는 수밖에 없습니다. 최악의 경우 주요 정보를 소멸시키고 평범한 것으로 위장하세요."

"주요 정보라면?"

"그에 관한 모든 기밀자료를 의미합니다."

"국정원의 비공식 자료들도 포함하는 것 입니까?"

국정원의 비공식 자료란 박영찬 차장 자신이 직접 수집한 강유진의 정보를 의미한다.

김태식 원장이 고개를 끄덕였다.

"당연합니다. 누군가 강 선생의 정보에 접근한다 싶으면 그것부터 없애버리세요. 그게 없다면 KEF도 공허한 상상에 불과하지 않겠습니까?"

"알겠습니다."

"그런데 강 선생의 적은 누구입니까? 저격수까지 동원한 걸 보면 보통 사람은 아닌 것 같은데."

"과거 그의 행적을 중심으로 대상을 좁혀 나가고 있습니다. 지금까지 드러난 것으로 보면 홍대입구에서의 1차 저격은 조직폭력배들과의 시비가 원인이 된 것 같습니다."

"마포의 일신상사라고 했던가요?"

"예, 그가 사업을 할 당시 조직폭력배들과 수차례 다툼이 있었습니다. 정면 승부로 안 되자 일신상사에서 삼합회에 청부 살인을 의뢰했을 것으로 생각하고 있습니다."

"그것에 대한 진술은?"

"유력한 용의자가 실종되는 바람에 아직 거기까지는……."

"금주 안으로 일신상사의 관계자들을 모두 검거하세요. 그래야 1차 저격과 2차 저격의 선을 그을 수 있지 않겠습니까? 1차와 2차 저격이 계속 뭉뚱그려져 있으면 복잡해질 뿐입니다. 하나씩 정리해 나가다 보면 국정원에서 정보를 유출한 사람의 신원도 드러날 겁니다."

"벌써 KEF를 움직여도 되겠습니까?"

"시작하세요. KEF 요원들이 동네방네 다니며 내가 KEF요원이다 라고 떠벌리지는 않을 거 아닙니까? 조폭들이 상대가 KEF인지, 국정원인지, 경찰인지 어떻게 알겠습니까?"

"알겠습니다."

"강 선생을 저격하고 민간인 두 명을 살해한 킬러들을 체포하는 게 KEF의 첫 번째 임무라고 생각하세요."

"예!"

긴장한 박영찬 차장이 저도 모르게 거수경례를 했다.

그러자 김태식 원장이 어색한 미소로 손을 흔들어 보였다. 민간인들끼리 거수경례를 주고받는 게 영 어울리지 않는다고 생각한 것이다.

"헛! 깜빡했습니다. 군복을 벗은 지 얼마 되지 않아서."

박영찬 차장의 얼굴이 붉게 달아올랐다.

"하하, 괜찮습니다. KEF는 군인정신이 더 잘 어울릴지도 모르겠습니다. 예의와 격식 차리면서 할 일은 못 되니까요."

"……."

박영찬 차장의 눈에서 빛이 번득였다.

예의와 격식을 차리면서 할 일이 못 된다는 김태식 원장의 말이 새삼 와 닿았다. 자신이 맡은 KEF는 바로 그런 곳이었다.

*　　　*　　　*

"형님, 정말 조촐하게 사시네요?"

오피스텔의 거실을 휘 둘러보고 난 뒤에 최명석이 한 말이었다.

"내가 원래 소박한 걸 좋아해서."

강유진이 머리를 긁적였다.

최명석이 거실 소파에 털썩 앉으며 중얼거렸다.

"이건 소박이 아닌데. 그냥 없는 거잖아요. 소박하다는 건 뭔가 꾸밈이 덜한 물건들로 장식을 하고서 하는 말인데…… 이 집은 장식 자체가 없는데요?"

"그래, 그것도 일종의 소박이다."

"궁핍이 아니고요?"

최명석이 물고 늘어졌다.

"그래서, 네가 채워줄 거냐? 채워줄 거 아니면 타인의 소박을 궁핍이라고 폄하하지 말아라."

강유진이 냉장고에서 맥주 캔을 하나 꺼내 거실 탁자 위에 올려놓았다.

최명석이 탁자 위의 맥주를 멀뚱멀뚱 바라보며 물었다.

"형님, 안주는 없습니까?"

"김치라도 주랴?"

"헐, 맥주에 누가 김치를 먹습니까?"

"김치는 불법이냐?"

"부조화죠."

"명석아, 거기 앉아서 자꾸 딴지 걸지 말고 얼른 너희 집에 가. 네 집에서 맥주에 어울리는 안주 찾아 먹으면 되잖아."

"에이, 형님! 오자마자 가는 건 또 손님의 예의가 아니죠."

말과 함께 최명석이 급하게 맥주 캔을 땄다. 강유진이 맥주 캔을 빼앗고 등이라도 떠밀까 봐 서두르는 것처럼 보였다.

"캬하! 좋다! 그래도 냉장고는 제대로 돌아가나 보네요."

"김치 싫다니 참치라도 주랴?"

"참치 같은 거 말고, 혹시 치즈는 없나요?"

"노랗고 얇은 거?"

"예, 슬라이스요."

"없다."

"와아! 형님, 요즘 치즈 없는 집도 있어요?"

주방을 뒤지던 강유진이 거실로 돌아와 최명석의 옆자리에 슬그머니 걸터앉았다.

"없는 집이 더 많을걸?"

"설마요. 고추장 없는 집은 봤어도 치즈 없는 집은 못 봤는데요."

"너 강남 사냐?"

"송파 살아요."

"강동구 송파?"

"네."

"헐! 송파면 옛날에 비닐하우스도 있고 그랬는데, 너 말하는 거 보면 무슨 미국의 베버리힐즈 같은 느낌이다."

"와아! 송파에 비닐하우스가 있었대. 형님 진짜 나이 많은가 보다."

"삼십 대 중반이라니까."

"아! 참! 참! 참! 나이가 많으셨지."

"그렇게 호들갑 떨 정도로 많은 건 아니거든?"

"하긴 그렇죠. 인생은 육십부터라는 말도 있는데."

노안(老顔)에 해당하는 최명석은 평소 동안(童顔)의 강유진에게 질투를 느끼고 있었던지라 유난히 나이를 강조했다.

그런 최명석의 말장난에 휘말리고 싶지 않았던 강유진이 정색을 하고 물었다.

"아무래도 대화의 주제를 바꿔야겠다. 너 우리 집에 왜 온 거냐?"

"말씀드렸잖아요. 이번 주에 딱히 약속 잡힌 게 없어서라고."

"그렇게 갈 데가 없냐?"

"예, 형님. 같이 나이트라도 한번 가실래요?"

"어제 총에 맞아 죽을 뻔했는데 오늘 나이트를 가자고? 내가 그렇게 생각이 없는 사람처럼 보이냐?"

"인명(人命)은 재천(在天)이라는 말이 있잖습니까?"

"언제고 네가 저격당한 다음 날 내가 같은 제안을 해보마. 그때도 인명은 재천이라면서 나이트에 가면 내가 평생 존경해줄게."

"자타가 공인하는 최강의 컨설턴트께서 심약한 말씀을 하십니다."

"입에 발린 소리 그만하고 진짜 이유를 말하라니까."

강유진이 최명석의 눈을 지그시 들여다보았다.

"진짜 별다른 이유 없어요."

최명석이 순진무구한 표정으로 강유진을 바라보았다.

사실 최명석이 강유진의 집을 방문한 것은 개인적인 호기심 때문이다. 그러니 최소한 별다른 목적이 없다는 소리는 진실이었고, 그래서 더 당당하게 강유진의 시선을 마주할 수 있었다.

"거참, 신기한 청년일세."

"에이, 신기한 건 제가 아니라 형님이시죠."

최명석이 반짝이는 눈으로 강유진을 바라보았다. 일개 기업 컨설턴트에 불과하면서도 교관들을 능가하는 무술 실력을 가진 남자, 총을 쏘면 백발백중. 그런 신비한 남자에 대해 더 알고 싶다는 마음이 없다면 정보요원이 될 자격이 없지 않을까?

"절대 신기하지 않아. 알고 보면 나는 평범한 남자라고."

최명석이 피식 웃었다.

"에이, 선수들끼리 왜 그런 말씀을 하세요. 싸움 잘하고, 총 잘 쏘고, 대한민국 최고의 여류 과학자와 절친이시고, 그런 게 평범한 거면…… 대체 뭐가 비범한 거죠?"

"나보다 싸움 잘하고 총 잘 쏘는 사람 많아. 그리고 결정적으로 임지연 씨와는 절친도 아니라고."

"임지연 씨와 절친이 아니에요?"

"오호! 임지연 씨에 대한 관심인 거였냐?"

"전혀요. 저는 이미 임지연 씨에게 물을 한 번 먹었거든요. 제가 은근 소심해서 오르지 못할 나무는 쳐다보지도 않는 주의랍니다요."

"헐! 벌써 고백이라도 했던 거냐?"

"고백할 틈도 없었거든요. 형님 기억 안 나세요? 전에 형님과 임지연 씨가 저 왕따시켰었잖아요."

"전혀 기억에 없다."

"하아! 요즘은 때린 사람은 발 뻗고 자고 맞은 사람이 웅크리고 자는 시대라니까요."

최명석이 어딘지 씁쓸한 미소를 지어 보였다.

"뭔지는 몰라도 그런 일이 있었다면 100퍼센트 착각이다. 우리는 그런 사이가 아니니까."

"오, 지금 '우리'라고 하셨습니다."

"야야! 그만하자. 이 자리에 없는 사람을 가지고 짝짓기 놀이를 할 나이는 지났잖아?"

"칫!"

강유진의 진지한 표정에 최명석도 더 이상 토를 달지 않았다. 아직 하고 싶은 말이 남아 입이 근질거렸지만, 강유진의 말마따나 그런 식의 말장난으로 시간을 보낼 나이는 아니었다. 게다가 무엇보다 강유진과 자신의 관계가 그 정도로 친밀하지 않았다. 훈련 기간 동안 다른 요원들보다 더 가까워진 것은 사실이지만, 그렇다고 사생활까지 공유할 정도의 관계는 아니었다.

"그런데, 형님은 전에 대성그룹에서 일했다고 하셨잖아요?"

"그랬지."

"그런데 왜 그만두신 거예요? 대성그룹이면 진짜 잘나가는 기업이잖아요. 구조조정을 당한 건 아닌 것 같은데……."

"내가 구조조정 당한 것 같지 않아 보이냐?"

"당연하죠. 한창 일할 나이에 구조조정 당한 남자를 국가에서 컨설턴트로 부를 이유가 없잖아요. 국정원을 두고 이러니저러니 해도, 알고 보면 엘리트 중의 엘리트들만 오는 곳이라고요."

동감이라는 듯 고개를 끄덕이던 강유진이 혼잣말처럼 중얼거렸다.

"눈물 없이는 들을 수 없는 사연인데……."

"내키지 않으면 말하지 않아도 돼요."

"흠, 딱히 내키지 않을 건 없고……."

잠시 망설이던 강유진이 담담하게 말했다.

"5년쯤 전에 와이프가 딸을 데리고 미국으로 유학을 갔거든. 미국이라는 나라가 기회의 나라인 건 맞는 말인가 봐. 와이프와 딸에게 새로운 기회가 생긴 거야. 새 남자, 새 아빠를 선택할 수 있는 기회 같은 거."

"에이, 진짜예요?"

최명석이 시큰둥한 얼굴로 강유진을 바라보았다. 강유진과 같은 남자가 가족에게 버림받았다는 사실이 믿어지지 않았던 것이다.

강유진이 지갑 안에 넣어두고 다니던 사진 하나를 꺼냈다. 딸이 환하게 웃고 있는 장면이다. 하지만 곁은 사람과 풍경이 잘려나간, 사연이 있어 보이는 사진이다.

강유진이 사진을 최명석에게 건네며 중얼거렸다.

"딸이야. 홧김에 다 잘라버렸는데, 이 얼굴만은 도저히 못 버리겠더라고. 내가 제일 좋아하는 딸의 표정이 담겨 있거든. 벌써 2년이나 지났으니까 조금은 변했겠지만……."

최명석이 멍한 얼굴로 사진 조각을 받았다.

날카롭게 잘려나간 사진 속에 웃고 있는 소녀의 얼굴이 있다. 사진의 크기와 잘려나간 모양새로 보아 좌우에는 부모가 있었던 것 같다.

최명석이 고개를 설레설레 저었다. 눈앞에 있는 저렇게 잘난 남자를 버리고 간 여자들의 생각을 이해할 수가 없었던 것이다.

"그때 충격을 좀 받았나 봐. 6개월 동안 폐인 노릇을 하면서 회사에서 일을 거의 하지 못했어. 넋을 좀 놓고 살았었지."

"아……."

"사실 그때 정리해고된 거야. 대성그룹에서 그런 얼빠진 직원에게 꼬박꼬박 월급을 줄 이유가 없잖아."

"……."

최명석이 씁쓸한 표정으로 고개를 끄덕였다. 이른바 해체된 기러기 가정이다. 신문 사회면을 통해서 읽던 때와 직접 듣는 것은 느낌이 달랐다. 기분이 착잡하다 못해 더러웠다. 제3자도 이런 기분인데, 당사자의 심정은 오죽했을까?

"형님, 대박으로 성공해서 복수하세요!"

"남자가 쪼잔하게 복수하기 위해서 성공을 하냐."

"쪼잔하면 좀 어때요. 복수하자고요!"

"나는 마음 비웠다."

"……."

최명석이 새삼스러운 눈으로 강유진을 바라보았다. 정말 모든 것에서 초탈한 표정이었다. 저런 표정을 하고 있으면 복수 운운하기도 어렵다.

"쩝! 잘하셨어요. 형님 같은 남자를 버리다니…… 여자들의 눈을 이해할 수가 없다니까요."

"확실히 여자는 좀 이해하기 어려운 생물들이야."

"맞아요. 살다 보니까요, 진짜 어이가 없는 게, 백 번을 다시 봐도 병신에 개날나리인데 그런 놈들에게 여자들이 꼬이더라고요. 여자들은 나쁜 남자에게 끌린다더니 진짜 그런가 봐요."

"그런가?"

강유진이 고개를 주억거렸다. 그러고 보니 미국에 있는 그 남자도 그렇다. 처음부터 유부녀를 유혹했으니 평범한 남자는 아니지 않은가!

"명석아, 그럼 개념 없는 여자를 욕해야 되는 거냐? 나쁜 남자들을 욕해야 되는 거냐?"

"둘 다죠. 임자 있는 여자를 꼬시는 남자나, 꼬신다고 넘어가는 여자나."

최명석은 욕설이 목구멍까지 치밀어 올랐지만 참았다. 괜히 강유진을 욕보이는 느낌이 든 탓이다. 게다가 타인의 가정사를 두고 쉽게 말하는 것도 예의는 아니었다.

불쑥 찾아와 밤늦게까지 잡담만 늘어놓던 최명석은 11시가 다 돼서야 자리를 털고 일어났다.

"형님, 이제 가봐야겠습니다. 집도 확실히 알았으니까 종종 놀러 올게요."

"종종 오지 말아라. 나도 사생활이 있는 사람이야."

"에이, 집 안을 보니까 사생활 운운할 분위기가 아닌데요 뭘. 형수님 되실 분이 생기면 오라고 해도 안 옵니다. 저도 그 정도 눈치는 있다고요."

"아니, 007의 제임스 본드를 꿈꾸는 요원님이 왜 별 볼일 없는 컨설턴트의 집에 드나들어?"

"형님의 주변에서 뭔가 위험한 냄새가 나서라고나 할까요?"

"그래서 밀착 경호야? 아니면 밀착 감시야?"

"그런 대의적인 차원이 아니라, 개인적인 경험치 획득이 목적입니다."

"무슨 경험치?"

"난세에 영웅이 난다고 하지 않습니까? 조용한 곳에서는 능력을 발휘할 수가 없어요. 자고로 사건 사고가 일어나야 정예요원들이 빛나는 법입니다."

"아하! 정예요원이 꿈이었구나? 그럼 번지수를 잘못 짚었어. 난 있는 듯 없는 듯 조용히 사는 게 꿈인 사람이야."

현관에서 신발을 신던 최명석이 키득거렸다.

“크큭! 국정원에 한 발 담그셨으니 그 꿈은 물 건너간 겁니다.”

“그래서 너는 두 발 다 담근 거냐?”

최명석이 어깨를 으쓱해 보였다.

“뭐, 지루하게 살고 싶지 않았거든요.”

“응? 입만 열면 말하던 투철한 애국심은 어떻게 된 거야?”

“애국심은 옵션이죠.”

“혹시 너도 흑색요원이 되는 게 목표인 거냐?”

“형님, 그 부분은 알려고 하지 마세요. 요원 누구도 자신의 신상에 대해서는 말하지 않는 게 규칙이에요.”

“자기 신상에 대한 비밀을 지키고 싶다는 사람이 왜 내 신상은 파고드는 건데?”

강유진이 고개를 갸웃거렸다. 그러고 보니 최명석에 대해 아는 것이 없다는 생각이 들었다. 최명석의 보안의식이 뛰어나든지, 자신이 주변 사람들에게 무심했던 것이리라.

“형님은 정규요원인 저와 달리 그냥 컨설턴트잖아요. 예컨대 사회에서 제가 정사원이라면 형님은 알바 같은 거라고요.”

“야, 이제 보니까 너 제법 개념은 있는 것 같은데, 그런 개념으로 우리 집에도 좀 안 왔으면 좋겠다. 정사원은 정사원들이랑 놀아.”

“형님, 요원들은 같이 놀기도 힘들어요. 보안사항에 걸리는 게 얼마나 많은데요. 그나마 형님이 알바니까 제가 부담도 없는 거라고요. 영화 속에서 스파이들이 모여서 노는 거 보신 적 있어요?"

"음, 그런가……."

강유진이 고개를 주억거렸다. 확실히 스파이들끼리의 사적인 교류란 상상하기 힘든 것이었다.

"스파이들끼리 모여서 친목을 다지다가는 한 방에 훅~ 가는 수가 있다고요."

"확실히 그건 그렇겠다."

"형님, 그런 의미에서 다음 주에 둘이 나이트에나 한번 가요."

"그게 대체 무슨 의미인데?"

"이를테면 정사원과 알바의 유희 같은 거죠?"

강유진이 머리를 설레설레 저었다. 최명석은 어떻게든 자신을 끌고 놀러 다니고 싶은 모양이다. 하지만 자신은 그런 류의 놀이에 별 관심이 없다. 이 나이에 나이트라니?

"신발 신었으면 어서 가라. 너랑 오래 얘기하니까 머리가 아파오려고 한다."

"알겠습니다. 그럼 다음 주 콜?"

"정사원님, 그냥 가시라고요."

"네, 그럼 저는 이만 가보겠습니다."

최명석이 가벼운 목례와 함께 밖으로 나갔다.

곧이어 '철컹' 하고 현관문이 닫혔다.

소란스럽던 집 안은 거짓말처럼 단숨에 조용해졌다.

강유진은 갑작스럽게 밀려오는 고적함을 만끽하려는 듯 문고리를 잡고 우두커니 서 있었다.

하지만 그것도 잠시, 곧 강유진은 분주히 돌아다니며 집 안의 불을 모두 껐다.

칠흑 같은 어둠 탓일까? 고요함은 이내 적막함으로 변해갔다.

마치 도심 외곽의 공동묘지에 서 있는 느낌이다.

문득 죽거나 실종된 사람들의 얼굴이 스치고 지나갔다. 갑작스럽게 많은 일이 있었지만 해결된 일은 없다. 일은 더 꼬였고, 이제는 어디까지 확장되었는지 짐작도 가지 않았다. 하지만 아무리 복잡해 보인다고 해도 근원으로 파고들면 그렇지도 않다. 강한일과 박창섭 의원이 모든 일의 시작이자 끝이었다.

'강한일은 조직의 암투에 휘말려 죽었으니 박창섭 의원만 남은 건가…….'

문득 박창섭 의원의 얼굴이 떠올랐다. 이전까지는 범죄자의 아버지였지만, 이제는 그 자신도 돌이킬 수 없는 범죄를 저질렀다. 살인교사란 즉흥적으로 할 수 있는 일이 아니다. 문득 지역구에서 존경받는다는 박창섭 의원의 진면목이 알고 싶어졌다.

"당신은 어떤 사람이지?"

살인범과 그의 아버지와 자신의 인연을 생각하니 수렁에 빠져

드는 기분이다.

한숨을 내쉬던 강유진은 침대에 길게 몸을 뉘였다.

"일이 시작되기 전에 끝나야 할 텐데…… 아니, 상관 없으려나…… 난 컨설턴트니까."

생각대로 일이 풀리지 않아서 생긴 약간의 조급증과 갑작스럽게 안정된 생활로 느슨해지려는 감정 사이에서 강유진은 몸을 뒤척였다. 문득 '권력의 힘은 생각보다 강해서 단지 물리적인 힘으로 해결하기 어렵다'는 생각이 들었다. 박 의원 집을 지키고 있는 전경들만 해도 수십 명이나 되지 않던가!

"이래서 사람들이 출세하려고 그러는 건가?"

권력자들은 높은 성 위에서 안전하게 자신의 적을 상대한다. 물론 높이 올라간 만큼 추락하는 속도도 빠르지만 말이다.

"능력껏 올라가 봐라. 네가 어디에 있든지 끌어내려 줄 테니까."

각오를 새삼 다지던 강유진은 억지로 눈을 감았다.

그러나 여전히 잠이 오지 않았다.

단지 박 의원에 대한 분노 때문은 아니다. 정상적인 삶이, 그리고 보통의 사람이 그리웠다. 직장에서 일을 하고, 퇴근해서 가족들과 단란한 한때를 보내던 날들이 새록새록 떠올랐다. 잠자리에 들어서까지 피비린내 나는 생각을 하는 삶이 아니라, 고단한 일상의 무게를 내려놓고 편안하게 쉬는 그런 삶을 살고 싶었다.

'고단한 일상의 무게라…… 내가 다시 그렇게 살 수 있을까?'

답답해진 강유진은 자리에서 일어나 찬물을 벌컥벌컥 들이마셨다.

잠이 달아나고 정신이 맑아졌다.

창가로 걸어간 강유진은 창문에 비친 자신을 향해 중얼거렸다.

"강유진, 배부른 소리 하지 마라."

평범한 회사원으로의 삶을 살 때 하루하루가 얼마나 지겨웠던가. 그걸 생각하면 전처의 배신도 이해 못할 바는 아니다. 그런 무기력하고 무료한 삶을 다시 동경하다니? 있을 수 없는 일이다.

"내가 원하는 건 단지……."

머뭇거리던 강유진은 말을 맺지 못하고 돌아섰다.

하나를 얻으면 하나를 잃는다는 말은 고금의 진리다.

# 제2화

# 그날이 오면

"대표님, 요즘 무슨 일 있어요?"

사십 대 초반의 여자가 다소 굳은 표정으로 박창섭 의원을 바라보았다. 갑자기 국회와 경찰에 특별 경호를 요청한 것은 물론, 사설 경비업체까지 동원했기 때문이다.

"일? 무슨 일요?"

박창섭 의원이 능청스러운 표정으로 여자, 정유미에게 되물었다.

"지난 며칠간 신변보호에 부쩍 신경 쓰시는 것 같아서요."

"아, 별거 아니에요. 시국이 어수선해서 나도 대비한 것뿐입니다. 그건 그렇고 이번 ARF에 대한 입장은 정리가 됐나요?"

박창섭 의원이 정유미에게 부드러운 미소를 지어 보였다.

보좌관이자 정무수석을 겸임하고 있는 정유미는 박창섭 의원의 후계자이자 동료다. 최측근만 아는 이야기지만 박창섭 의원의 정치적 노선은 정유미를 보좌관으로 임명하기 이전과 이후로 나뉜다. 정유미와 손을 잡기 전까지 박창섭 의원은 그저 그런 우익의 인사였다.

하지만 정유미가 박창섭 의원의 조직인 '미래정치연구회'의 일원이 되고 난 뒤로 모든 것이 변했다. 미래정치연구회는 '한국에서 가장 실용적인 정치연구회'라는 타이틀을 얻게 되었다. 덕분에 각종 지지도 조사에서 미래정치연구회와 박창섭 의원의 이름은 늘 고공행진을 거듭했다.

그런 박창섭 의원이 자민당의 대표가 된 것은 당연한 일인지도 모른다. 그 공로를 인정해 정유미를 자신의 보좌관이자 정무수석으로 임명했고, 그녀가 자신의 후계자임을 공공연히 밝혀왔다.

정유미의 입에서 가벼운 한숨이 흘러나왔다.

신변보호에 특별히 신경을 쓰는 다른 이유가 있는 것 같은데, 박창섭 의원의 태도를 보니 순순히 알려줄 것 같지가 않았다.

짧은 순간이지만 정유미는 그런 박창섭 의원의 판단을 존중해 더 파고들지 않기로 했다.

"크게 세 가지를 생각하시면 됩니다. 첫째로 의원님은 ARF의 사전회의과정이 공개돼야 한다는 점을 분명히 해야 합니다. 지금의 정부는 비밀이 너무 많아요. 이번에도 어디선가 비밀회담이 열릴 겁니다. 그게 국익을 위한 것이든, 집권여당을 위한 것이든 말이죠. 의원님께서 그걸 건드려 주면, 언론에서 투명하고 공정하게 하라는 기사를 써줄 겁니다. 친분이 있는 기자들과는 이미 이야기가 끝났습니다."

"좋군요. 투명한 정치야말로 한국에 꼭 필요한 거죠."

"두 번째는 이번 기회에 의원님께서 중국, 러시아, 일본, 북한의 대표단들과 공개회담을 가져야 한다는 겁니다. 한국의 가장 영향력 있는 정치인이라는 것을 대내외적으로 보여주셔야 하니까요. 일본, 중국 쪽과는 조율을 마쳤습니다. 러시아와 북한은 현재 물밑에서 작업을 하고 있고요."

"흠, 일본은 대부법 개정을 추진해준다는 거였고, 중국에는 뭘 주기로 했죠?"

"배타적경제수역(EEZ)에서 중국어선의 불법 어로를 단속할 때 한국해경의 총기사용 금지법안을 우선적으로 상정하겠다고 했어요."

박창섭 의원이 고개를 끄덕였다.

일본과 중국에 대한 정 수석의 제안은 작지만 모두가 실리적인 것들이어서 그들의 입맛에 맞는 것이라고 할 수 있었다.

몇 년 전까지 일본의 대부업체들은 일본 정부가 정한 금리상한선에 불만을 가지고 한국으로 넘어왔다. 하지만 지난해에 몇백 퍼센트에 달하는 이자에 대한 국민적인 저항으로 한국도 일본과 유사한 대부업법이 제정되었다. 그걸 되돌리기 위한 일본 대부업체들의 치열한 로비가 한일(韓日) 양쪽에서 동시에 진행되고 있다는 것은 공공연한 비밀이기도 했다.

그런데 하늘은 자신의 편이었다. ARF 일본 대표단 중에 야쿠자와 줄이 닿아 있는 정치인이 있었던 것이다. 마침 일본 대표단을 이끌고 있는 마츠모토가 일본에 있는 자신의 지인(知人)을 통해 먼저 연락을 해왔다. 그것으로 회동을 위한 물밑 조정은 일사천리로 진행될 수 있었다.

"대부법을 느슨하게 풀어야 일본의 자본이 한국으로 더 많이 넘어옵니다. 그걸 모르는 사람들은 서민들만 죽네 뭐네 하면서 말들이 많은데…… 답답한 노릇이지요. 나라 안에 돈이 굴러다녀야 경제든 뭐든 활성화되지 않겠습니까?"

정유미는 묵묵히 듣기만 했다.

하지만 그 내밀한 사연을 모르는 바도 아닌데 왜 새삼스럽게 저런 말을 할까? 의아할 뿐이었다.

그러거나 말거나 박창섭 의원의 말은 계속됐다.

"당장 중국만 해도 그래요. 중국 선원한테 총질하다가 인명이라도 상하게 되면 그 뒷감당을 어떻게 하려고? 국가의 자존심을 내세워서 강경진압을 하다가 되로 주고 말로 받는 수가 있는데…… 젊은 사람들은 그걸 몰라. 몰라도 너무 몰라."

"아직 젊으니까요."

"그래요. 나도 젊었을 때는 학생운동을 좀 했지. 형사들이 집 앞에서 늘 진 치고 있었으니까 말 다했지. 아! 정 수석도 학창 시절에는 유명했다고 들었는데."

정유미의 표정이 가볍게 뒤틀렸다.

박창섭 의원은 이해한다는 듯 고개를 끄덕였다.

"기성세대네, 꼴통이네 하는 정치인들이 과거에 얼마나 나라를 위해 헌신했는지 젊은 사람들이 안다면 무조건적인 험담도 좀 수그러들 텐데…… 그렇지 않아요?"

"맞는 말씀이십니다."

정유미는 길게 말하고 싶지 않은 듯 단답형으로 일관했다.

"한국에는 합리적인 비판이나 거국적인 수용이 없어. 그저 당리당략에 따라 서로 못 잡아먹어서 안달이지……. 에잇! 쯧쯧!"

"……."

정유미가 적극적으로 호응하지 않자 박창섭 의원의 넋두리도 더 이상 이어지지 않았다.

"뭐 그건 그렇다 치고. 러시아가 문젠데…… 한국과 러시아가 얽힐 만한 일이 없었으니까…… 일단 중국과 일본이 나와 회담을 하기로 했다는 걸 살짝 흘려봐요. 내가 한국의 실세라는 걸 알게 되면, 우리 쪽에서 매달리지 않아도 만나려고 할 겁니다. 정치인들에게 인맥 쌓기란 무형의 자산(資産)이기도 하니까."

"그렇게 하겠습니다. 북한 쪽은 어떻게 할까요?"

"이럴 때 정 수석의 정치력을 좀 발휘해봐요. 달러라면 환장을 하는 애들이니까, 로비를 해서라도 1억 달러 정도를 긴급 구제자금 형식으로 주는 건 어때요? 좋다고 달려올 것 같은데."

"그럼, 1억 달러를 비밀리에 지원하는 쪽으로 가닥을 잡으면 되는 거겠죠?"

"흐음, 더 쓰자고 할까요? 누구는 5억 달러도 줬는데…… 너무 통이 작다고 생각하지 않을까?"

정유미가 피식 웃었다.

"의원님은 대통령이 아니시잖아요."

"하하! 정곡을 찌르는 말이군요. 그래도 1억 달러면 거절하지 못하겠지요?"

"그럴 거예요."

박창섭 의원이 떨떠름한 표정으로 중얼거렸다.

"쩝, 그런데 명색이 반미(反美)가 국시인 애들인데 달러에 사족을 못 쓰다니, 좀 우습죠?"

"너도 나도 할 것 없이 자식들을 미국으로 유학 보내면서 길거리에서는 반미를 외치는 한국 사람들도 만만치 않아요."

"에이, 정 수석은 때때로 지나치게 솔직해요. 정치를 하려면 조금 더 너그러워질 필요가 있습니다. 그런 말이 있잖아요? 산은 한 줌 흙을 마다하지 않아서 산이 되었고, 바다는 한 방울의 물도 마다하지 않아서 바다가 되었다고. 정치를 크게 하고 싶으면 간도 쓸개도 전부 내다 버려야 합니다. 깨끗한 거 더러운 거 가리면 정치 못해요."

박창섭 의원이 의미심장의 눈으로 정유미를 바라보았다.

정유미가 어딘가 허탈한 표정으로 웃었다.

“후후, 나름 열심히 버리고 있는 중이랍니다.”

“더 버려요. 아예 다 비워내요. 그러면 어느 날 갑자기 권력이라는 것이 눈앞에 떡하고 나타나게 될 겁니다.”

“의원님처럼요?”

“하하, 나도 아직 권력이라는 놈과 친해지지 못했습니다. 그걸 한번 잡아보겠다고 바둥거리고 있는 사람 중의 하나일 뿐이지요. 그런데 정말 쉽지 않아요…….”

박창섭 의원이 말을 끊었다.

어쩌면 최고 통치권자가 되고 싶다는 필생의 목표 앞에 다소 숙연해진 것인지도 모른다.

“가서 일 보세요.”

한참 만에 박창섭 의원이 손을 휘휘 저었다.

내면의 동요를 감추기 위한 과장된 행동이다. 그 동요가 순간이나마 솔직했다는 것에 대한 후회인지, 아니면 또 다른 어떤 것인지는 알 수 없지만 말이다.

“네, 그럼 이만.”

정유미가 가볍게 목례를 해 보인 후 사무실을 나섰다.

문 밖으로 나간 정유미는 뭔가 마땅치 않은 표정으로 뒤를 돌아보았다.

박창섭 의원의 태도는 평소와 달랐다. 철인처럼 보이던 보통 때와 달리 지나치게 인간적이다. 여자의 육감은 그에게 뭔가 문제가 생겼다는 것을 가르쳐주고 있었다. 자신이 착각한 것이라면 다행이지만 그렇지 않을 수도 있다.

'뭐지?'

조금 전 박창섭 의원은 뭔가 좋지 않은 상황에 대해 말하려고 했었다.

한동안 인상을 찡그리며 서 있던 정유미는 품안에서 휴대전화를 꺼냈다. 박창섭 의원의 복잡한 과거를 생각하면 가만히 있을 수가 없었다. 유비무환(有備無患)이라는 말이 있지 않던가!

정유미는 오랫동안 잊고 있던 번호를 찾았다.

하지만 정유미의 손가락은, 애써 찾아낸 번호의 발신버튼 위에서 망설이고 있었다. 개인적으로 관계하고 싶지 않은 사람인 까닭이다.

그러나 고민의 시간은 그리 길지 않았다. 지금으로서는 다른 방법이 없었던 것이다.

곧이어 능글맞은 중년 남자의 음성이 수화기 저편에서 들려왔다.

"아니, 정무수석님이 어쩐 일로?"

"박 의원님이 뭔가 사고를 치고 있는 것 같아."

"푸흐흐! 박 의원님? 이제는 한 배를 탄 사람이라고 존중해주는 거야? 언제는 성추행 당했다고 방방 뛰더니?"

"애들처럼 말장난하지 마. 알아봐 줄 거야, 말 거야?"

"누구 부탁이라고 거절하겠어? 그런데 둘이 어디까지 갔어?"

"……."

휴대전화를 들고 있던 정유미의 손이 부들부들 떨렸다.

그래도 정유미는 쉽게 감정을 드러내지 않았다.

"얼마면 되는지나 말해."

"오오! 많이 발전했네. 전에는 휴대전화를 집어 던지더니."

"그래서 얼마인데?"

차가운 정유미의 대응에 사내도 더 이상 농담을 걸지 않았다.

"착수금으로 우선 천만 원만 보내. 알고 있겠지만 내용에 따라 더 추가될 거야."

"미리 말해두겠는데 3천만 원 이상은 안 돼. 개인적인 의뢰라서 당의 비자금에는 손을 댈 수 없거든."

"이봐, 이봐, 우리 사이에 지금까지 개인적이지 않은 의뢰가 있었나? 좀 더 써봐."

끈질기게 돈을 요구하는 사내의 음성에 정유미의 인내도 끝이 나고 말았다.

"적당히 좀 해! 새끼야! 내 은행 잔고가 그 정도밖에 안 된다고! 난 의원 보좌관일 뿐이야! 좀 도와주면 안 되니!"

정유미가 버럭 소리를 내지르자 사내의 음성이 부드러워졌다.

"이제야 정유미답군. 알았어. 3일만 기다려. 그런데……."

잠시 뜸을 들이던 사내가 무거운 음성으로 물었다.

"박 의원이랑 잤냐?"

"내가 성공한 건 몸이 아니라 탁월한 정치적 감각 때문이야. 3일 후에 전화해."

말과 함께 정유미가 신경질적으로 전화를 끊었다.

"개자식!"

정유미는 전화를 끊고도 한동안 분을 참지 못해 씩씩거렸다.

믿을 수 있다는 이유 하나만으로 이런 더러운 소리를 들어줘야 하다니! 그보다 더 화가 나는 것은, 과거에 눈부시게 순수했던 남자가 어느 날 갑자기 구질구질한 돈벌레가 되어 나타났다는 사실이다. 설상가상으로 그런 저급한 남자와 은밀한 거래를 하지 않으면 안 되는 자신의 초라한 현실이라니…….

"두고 봐. 난 너희들과 다르니까!"

문득 폐인이 된 남자와 천박하게 변한 남자의 얼굴이 떠올랐다.

그리고 그들을 그렇게 만든 한 남자의 얼굴이 떠오를 때쯤, 정유미는 어느 정도 흥분을 가라앉힐 수 있었다.

"인생이 그런 거지……."

맞다. 모든 것은 변한다. 변하지 않는 것은 이미 죽은 것들뿐이다. 아니, 심지어 죽은 것들도 변한다. 살은 녹고 뼈는 부서진다.

그들 모두의 멘토였던 그는 그것을 좀 일찍 깨달았을 뿐이다.

'그는 어디서 무엇을 하며 살고 있을까?'

무엇을 하건, 그 자신이 좋아하고 원하는 일을 하고 있을 게다. 그는 원래 그런 사람이었으니까.

오랜만에 그가 그리워졌다.

"선배, 원하던 대로 평범하게 잘 살고 있지? 그게 좋은 거야……."

중얼거리던 정유미는 이내 자신의 사무실로 걸음을 옮겼다. 박 의원이 밖에서 무슨 일을 벌이고 다니건 자신이 해야 할 일은 따로 있다. 그것은 이번 ARF의 사전회담에서 박 의원이 언론의 조명을 받도록 만드는 것이다. 박 의원의 성공에 자신의 정치생명이 걸려 있기 때문이다.

*　　*　　*

사십 대 중반의 남자가 손을 내밀며 인사를 건넸다.

"감찰과의 박찬오입니다."

"아, 네, 강유진입니다."

강유진은 얼떨결에 상대의 손을 맞잡았다. 이곳이 국정원의 조사실이 아니라면 동창이라도 만난 줄 알았을 정도로 상대방은 친근한 태도로 나왔다.

"일단 자리에 앉으시지요."

박찬오 요원이 회색으로 칠해진 철제 의자를 가리켜 보였다.

"아, 예."

강유진이 차가운 철제 의자에 대충 엉덩이를 걸치고 앉았다. 그제야 자신이 조사를 받는 입장이라는 자각이 든다.

지은 죄가 없음에도 마음이 무거웠다.

하지만 강유진은 애써 담담한 표정으로 박찬오 요원을 마주 보았다.

감찰과 요원과의 면담은 총격 사건이 있은 뒤로 벌써 세 번째다. 그때마다 상대가 바뀌는 바람에 늘 같은 이야기를 반복해야 했다. 덕분에 무슨 말을 해야 하는지에 대한 걱정은 덜었지만, 한편으로 지겹다는 생각이 드는 것도 사실이었다.

박찬오 요원이 두툼한 파일의 모서리를 매만지며 운을 뗐다.

"강유진 씨, 현재 국정원의 컨설턴트로 계시지만…… 일단 강유진 씨라고 부르겠습니다. 괜찮겠지요?"

"네."

'일단' 이라는 말에 강유진이 어색한 미소를 지어 보였다. 어쩐지 동의 내지는 양해를 구하는 분위기가 느껴졌기 때문이다. 하지만 만류하지는 않았다. 일반인에 가까운 컨설턴트를 굳이 요원 대접을 하는 것은 뭔가 이유가 있을 것이었다. 어쩌면 그것은 박찬오 요원의 심문 기술 중 하나인지도 모른다.

"편한 대로 부르세요."

"그럼 우선 몇 가지 확인을 먼저 하도록 하겠습니다."

박찬오 요원이 파일을 넘겼다.

"일주일 전, 강유진 씨는 저격을 당했습니다. 맞습니까?"

"네."

"저격을 한 상대에 대해서는 전혀 모르고요?"

"그렇습니다."

"경찰 기록을 보니까 강유진 씨는 작년 12월에도 저격을 당했더군요. 그것도 누구의 소행인지 알지 못합니까?"

"전혀요."

"강유진 씨가 스낵카로 장사를 할 때 지역의 조폭들과 종종 마찰이 있었다고 하더군요. 혹시 그때의 조폭들이 총기를 사용한 것은 아니었습니까?"

강유진이 고개를 설레설레 저었다.

"개인적으로 한국에서, 그것도 조폭이, 노점상 주인에게 총까지 쏠 정도로 멍청하다고 생각하지는 않습니다."

"흠."

한숨을 내쉬던 박찬오 요원이 서류를 부지런히 뒤로 넘겼다.

"나는 두 번의 저격이 각각 다른 조직에 의해 자행되었다고 생각하고 있습니다. 작년 12월의 저격과 이번의 저격은 격이 달라요. 둘 다 전문가의 소행이지만…… 이번에 저격한 놈들은 목격자 제거 차원에서 민간인들까지 살해했습니다. 피살자들은 모두

날카로운 흉기에 목이 베어졌어요. 이런 식의 살인은 지금까지 한국에 없었습니다."

강유진이 말없이 박찬오 요원의 눈을 지그시 바라보았다. 그를 통해 더 많은 정보를 얻고 싶은 게 솔직한 지금의 심정이었다.

그런 강유진의 심정을 알기라도 한 듯 박찬오 요원의 설명이 이어졌다.

"열흘쯤 전에 인천국제공항을 통해 일본 국적의 킬러 여섯 명이 입국했습니다. 모두가 인터폴과 CIA의 추적를 받고 있던 인물들이죠. 그런데 그 여섯 명의 킬러들은 위조 여권을 통해 입국한 그날, 사라졌어요. 탄탄한 조직에서 뒤를 받쳐주고 있다는 말이겠죠."

"……."

"그래도 누군지 모르겠습니까?"

"네."

"하지만 강유진 씨 자신을 위해서라도 상대가 누구인지 기억해내야 할 겁니다. 국제적으로 활약하고 있는 킬러들이 강유진 씨를 노리고 있는 것 같으니까요."

"저를요?"

그래도 모른다는 듯 강유진이 어깨를 으쓱해 보였다.

쓴웃음을 짓던 박찬오 요원이 다시 말을 이어 나갔다.

"혹시나 싶어서 강유진 씨의 출입국 기록을 살펴봤습니다. 3년 전에 미국에 한 번 간 것 외에는 깨끗하더군요. 미국을 가는 길에 일본은 경유하지도 않았고…… 혹시 다른 경로로 일본에 간 적이 있습니까?"

"전혀 없습니다."

"그렇군요."

박찬오 요원의 얼굴에 허탈한 미소가 떠올랐다.

아무리 조사를 해봐도 강유진과 킬러들의 접점이 없다. 분명히 뭔가 있는 것 같긴 한데, 그게 뭔지 짐작조차 가지 않았다.

마침내 장탄식과 함께 박찬오 요원이 서류철을 덮었다.

다른 사람들처럼 자신도 강유진에게서 새로운 어떤 것도 알아내지 못했다. 강유진은 '혜성처럼 나타나 외부계약직 직원의 자리를 따낸 동안(童顔)의 이혼남' 그 이상도 이하도 아니었다. 정말 그는 떠도는 소문처럼 국정원장의 숨겨놓은 아들이라도 되는 걸까?

"국정원의 기업자문 컨설턴트는 대성그룹에서의 경력으로 특채 된 것으로 알고 있습니다. 맞습니까?"

"네."

"흐음, 강유진 씨는 대학 졸업 후, 2003년 대성그룹에 입사를 했습니다. 그리고 7년간 대성그룹에서 근무를 했지요?"

박찬오 요원이 강유진을 힐끔 바라보았다.

어느 날 갑자기 국정원의 계약직 직원이 된 것처럼 대성그룹의 입사도 낙하산이었는지 궁금했지만, 그걸 대놓고 입에 올릴 수는 없었다. 사건과 직접적인 관계가 없는 탓이다.

"네."

자신에 대한 소문을 듣지 못한 강유진은 짧고 간결하게 답했다.

박찬오 요원이 부드러운 미소로 되물었다.

"후유! 대성그룹, 어떻습니까? 재벌그룹 입사는 쉽지 않죠?"

"네."

강유진이 과거를 회상하며 고개를 끄덕였다.

150명을 뽑는데 3,000명이 응시했다고 들었다. 솔직히 자신의 스팩으로 불가능할 거라고 생각했는데, 기적처럼 마지막 면접까지 올라갔었다.

"대성쯤 되면 어느 정도나 어려운가요?"

박찬오 요원이 지나가는 투로 물었다. 공채인지 낙하산인지 확인하기 위한 마지막 질문이다.

"제가 입사할 당시 150명 모집에 3,000명이 응시했다고 들었습니다."

"와우! 대단하군요."

박찬오 요원의 탄성과는 달리 강유진의 얼굴에는 씁쓰름한 미소가 떠올랐다. 자신의 인생에서 대성그룹은 행복과 절망의 복합체였기 때문이다.

"힘들게 입사한 그룹에서 퇴사를 한 이유는, 정확히 무엇 때문입니까?"

"갑작스럽게 이혼을 하고 좀 방황한 시절이 있습니다. 그 때문에 그룹에서 퇴사했지요. 정확히 말하면 권고사직이었습니다."

"아, 이혼은 역시 전 부인과의 불화 때문인가요?"

"불화는…… 아니었습니다. 집사람이 미국에 가기 전까지는 화목한 가정이었으니까요. 미국에 간 뒤로도 1년 정도는 사이가 좋았습니다."

"그렇군요."

박찬오 요원이 굳은 얼굴로 고개를 끄덕였다.

이미 내막을 상세히 알고 있었지만, 막상 본인의 입으로 들으니 참담한 느낌이 든다.

'공채로 입사하고, 이혼을 당했다…… 여기까지는 평범한 회사원의 전형인데…….'

그런데 왜 저격을 두 번이나 당한 걸까?

박찬오 요원은 다시 서류철을 열고 싶은 충동을 누르며, 강유진에게 시선을 고정했다.

"대성그룹과의 관계는 어땠습니까? 그룹의 일로 누구에게 원한을 살 만한 일이 있습니까?"

"조사하는 분들마다 꼭 묻는 질문이군요. 전혀 없습니다."

"알겠습니다."

박찬오 요원은 대성그룹과 관계된 질문은 더 이상 하지 않기로 했다. 사실 강유진과 대성그룹은 깨끗했다. 만약 강유진과 대성그룹 사이에 어떤 범죄혐의가 포착되었다면, 그는 국정원의 컨설턴트로 채용되지도 않았을 것이다.

"연수원의 생활은 어떻습니까? 적응할 만한가요?"

박찬오 요원이 서류철을 만지작거리며 물었다. 더 이상의 조사가 무의미하다는 판단하에 대화를 마무리 짓고 있는 것이다.

어딘가 느슨해진 분위기는 강유진에게 가감 없이 전해졌다.

덕분에 다소 굳어 있던 강유진의 표정도 부드럽게 풀어졌다.

"좋습니다. 진작에 알았으면 대성그룹이 아니라 국정원 공채를 준비했을 겁니다."

"하하, 다행입니다. 그동안 조사를 받느라 수고했습니다. 추가적으로 다른 일이 발생하지 않는다면, 더 이상의 소환조사는 없을 겁니다."

박찬오 요원이 자리에서 일어났다.

강유진이 어색한 미소와 함께 코끝을 만지작거렸다.

'추가적으로 다른 일이 발생하지 않는 한 더 이상의 소환조사는 없다라.'

지금 자신의 입장에서는 만남을 예약하는 소리나 다름없었다.

하지만 강유진의 표정은 밝았다. 이 정도로 끝난 게 다행이라는 것을 잘 알고 있기 때문이다. 만약 자신이 국정원의 컨설턴트 신분이 아니었다면 이렇게 흐지부지 마무리 짓지는 않았을 것이었다. 어쩌면 윗선에서 덮으라고 했는지도 모른다.

주차장으로 걸어가던 강유진이 무심코 뒤를 돌아보았다.

'정말 끝낸 건가?'

바깥에서는 물론 국정원 내부에서조차 집요하게 따라다니던 시선이 더 이상 느껴지지 않았다.

"하아! 다시 자유를 얻은 건가?"

저격과 관계된 조사는 끝이 났다. 감시의 눈길이 사라졌다는 점에서는 환영할 만한 일이지만, 킬러들이 돌아다니고 있는 동안은 자유를 얻었다고 말할 수 없을 것이다.

"슬슬 미루어두었던 일을 해야 할 시간이군."

어디선가 시원한 바람이 불어왔다.

강유진은 마치 산꼭대기에 오른 사람처럼 두 팔을 벌리고 섰다.

그리고 머리를 뒤로 젖히며 지그시 눈을 감았다. 몽롱하다는 말이 실감나는 순간이다.

그렇게 강유진이 오랜만에 기분 좋은 느낌에 젖어들 때다.

"영화 찍어요?"

"어이쿠, 선배. 그냥 가자니까."

"뭐, 말도 못해?"

멀리서 들려오는 소리에 강유진은 눈을 번쩍 떴다.

이십 대 중후반으로 보이는 일남일녀가 옥신각신하면서 다가오고 있었다.

"안녕하십니까?"

두 사람이 지척에 이르자 강유진이 먼저 인사를 건넸다. 여자는 초면이지만 남자는 병원에 입원해 있을 때 만났던 사람이었다.

남자가 어색한 미소를 지으며 손을 내밀었다.

"오랜만입니다. 저 기억하시죠? 유희열입니다."

"네. 반갑습니다."

유희열이 옆에 있는 여자를 가리켜 보였다.

"이쪽은 제 선배인 박미나 씨입니다."

박미나가 고개를 까닥였다.

"박미나예요."

누가 봐도 '차가운 도시 여자'의 인사법이다.

사실 박미나에게 강유진은 '바닥난 예금 잔고'와 '화장실 물 내리는 소리'로 기억되고 있었다. 그런 상대에게 살가운 인사란 말도 안 되는 소리였다.

"강유진입니다."

내용만으로 보면 강유진의 인사도 그에 못지않았다.

초면인 여성과 불편한 기억을 공유한 남자에게 급습을 당했으니 사교적인 대화란 처음부터 무리였는지 모른다.

인사가 끝나자 세 사람은 멀뚱멀뚱 서로의 얼굴을 바라보았다. 서로 예정에 없던 만남인지라 준비한 얘기가 없었던 것이다.

"그럼 이만."

강유진이 먼저 몸을 돌렸다.

그런 상대의 무성의한 태도에 자존심이 상한 박미나가 가볍게 한마디 던졌다.

"강유진 씨 덕분에 우리까지 이리저리 불려 다니고 있는 거 아시죠?"

"네?"

갑작스러운 타박에 강유진이 다시 돌아섰다.

강유진의 굳은 표정을 발견한 유희열이 급하게 손사래를 쳤다.

"아무것도 아닙니다. 신경 쓰지 마세요. 그냥 절차상 늘 있는 일인데요 뭘."

강유진은 유희열과 박미나를 번갈아 바라보았다.

아무리 봐도 여자가 일을 벌이고, 남자가 수습을 하는 분위기다. 이렇게 되면 남자의 성의를 봐서라도 한 번 더 물어보지 않을 수 없다.

"어떤 일인데요?"

대답은 역시나 '차가운 도시여자'가 했다.

"그.쪽.이. 또 총질을 당했다고 하니까, 전에 그.쪽.을. 보호관찰 하고 있던 우리가 불려온 거라고요. 이번에는 또. 왜. 총.질.을. 당했는지 속 시원히 털어놓아 보시죠?"

박미나는 '그쪽'과 '총질'이라는 단어를 특별히 강조했다. 그

것 때문에 이리저리 불려 다니는 게 짜증이 났던 모양이다.

묵묵히 듣고 있던 강유진이 박미나를 향해 되물었다.

"혹시 내가 보호관찰 해달라고 부탁이라도 했나요?"

뜻밖의 역습에 박미나가 답하지 못하고 머뭇거릴 때다.

"그쪽에서 불법적으로 민간인을 사찰한 대가를 치르고 있다고 생각하세요. 그럼 마음이 조금 편해질 겁니다."

마지막 말과 함께 강유진이 몸을 돌렸다.

누가 봐도 더 이상 대화를 나누고 싶지 않다는 단호한 의지의 표현이다.

"뭐, 뭐라고요? 불법?"

박미나가 말꼬리를 잡고 늘어지려는 순간 유희열이 급히 박미나의 팔을 잡아끌었다.

"선배, 진정하고 갑시다. 가요."

"야! 넌 저런 소리 듣고도 그냥 가자는 거야? 아니, 그런 소리를 듣고 그냥 보내도 돼?"

박미나가 강유진을 가리켜 보였지만, 어느새 강유진은 소리를 치지 않으면 들리지도 않을 거리로 멀어져 갔다.

"그냥 참아요. 저 사람은 좀 똘끼가 있어요. 상대하면 머리만 아파."

"그치? 저 사람 좀 비정상이지? 저런 사람을 왜 뽑았지? 언제고 우리랑 같이 엮이기만 해봐라, 아주 자근자근 밟아서……."

“말도 마요. 나도 장비 회수하러 갔다가 저 사람에게 잡혀서 잔소리깨나 들었다고요. 그냥 꼴통이라고 생각하면 돼요. 국정원을 완전 무슨 개밥으로 알더라니까요.”

“와아! 진짜 나쁜 놈이었구나! 내가 통장 잔고가 없을 때 재수없는 놈인 줄은 알아봤어. 사기꾼 같으니라고! 혹시 저거 진짜 사기꾼 아냐?”

“설마요, 사기꾼을 컨설턴트로 채용했을라고요? 신원조회가 얼마나 빡센데.”

“아, 젠장. 밥맛이 싹 달아나네.”

“그러게 왜 아는 체를 해요?”

“아는 체가 아니라 방금 전까지 저 사람에 대해서 조사를 받고 나왔는데 보이니까…… 그냥 말을 걸어 본 거지. 너도 저거 뭐하는 인간인지 알고 싶다고 했었잖아.”

“그야 그냥 평범한 수준의 호기심이죠. 난 진짜 저 사람이랑 얽히고 싶은 마음이 없었다고요. 선배가 그날 장비를 회수하러 갔어야 했는데. 진짜, 휘유!”

유희열의 입에서 장탄식이 흘러 나왔다.

“왜? 불법감청 했다고 치기라도 하디?”

유희열은 말없이 자동차로 걸어갔다.

‘헉!’

순간 박미나는 두 손으로 자신의 입을 틀어막았다. 그냥 입에서 나오는 대로 주절주절 내뱉었는데 진짜 맞은 모양이다.

잠시 후 유희열의 뒤를 종종걸음으로 따라붙은 박미나가 물었다.

"야, 너, 진짜 맞은 거냐? 종합무술 7단이라며?"

한참 만에 유희열이 답했다.

"선배, 공무원이 민간인하고 싸우면 안 되잖아."

"그야 그렇지만……. 공무집행을 방해하고 행패를 부릴 때는 일단 제압해야지."

"근데 병원이잖아. 그리고 중환자고."

"아, 그랬구나. 병원, 중환자……."

중얼거리던 박미나가 유희열의 얼굴을 힐끔거렸다.

하지만 유희열은 앞만 보고 걸었다.

박미나는 유희열을 위해서라도 오늘의 원한을 잊지 말아야겠다고 새삼 다짐했다. 컨설턴트의 특성상 이리저리 떠돌아다닐 테니 언제고 만날 날이 있을 것이다. 그날이 오면, 사정 좀 봐달라고 눈물로 애원하게 만들어 주리라.

"한밤의 꿈은 아니리~ 오랜 고통 다한 후에……."

박미나는 저도 모르게 노찾사의 '그날이 오면'을 읊조렸다. 형제 유희열이 흘렸을 뜨거운 눈물이 가슴에 사무치는 기분이다.

# 제3화

# 죄짓고는 못 산다

휴대전화의 벨이 울렸다.

끔찍하게 싫은 남자, 그러나 지금은 도움을 받아야 하는 남자로부터의 전화였다. 정유미가 통화 버튼을 누르자마자 중저음의 음성이 울려왔다. 전처럼 느글거리는 소리가 아니어서 정유미는 다른 사람이 대신 전화를 한 거라고 착각했을 정도다.

"좋은 소식과 나쁜 소식이 있는데. 뭐부터 들어볼 테냐?"

"어울리지도 않게 남들 흉내 내는 버릇은 여전하구나. 이왕이면 좋은 소식부터 듣자."

남자가 기다렸다는 듯 짧게 말했다.

"강 선배 찾았다."

"……."

정유미는 순간 가벼운 현기증을 느꼈다.

수화기 저편에서 사내가 키득키득 웃음을 흘렸다.

그 거슬리는 소리에 겨우 정신을 차린 정유미가 저도 모르게 되물었다.

"정말?"

"그래, 요즘 잘나가는 모양이야."

"잘나가?"

"국정원 컨설턴트야."

"국정원? 진짜 뜻밖이네. 아니, 열혈(熱血)의 강 선배답다고 해야 하나? 그게 다야?"

모두와 함께했던 옛날의 추억 때문일까? 남자를 대하는 정유미의 태도가 조금 부드러워졌다.

"그래, 그리고 나쁜 소식은……."

남자가 살짝 뜸을 들였다.

정유미는 재촉하지 않았다. 본래 주목받는 걸 좋아하는 상대의 고약한 성격을 알기 때문이다.

"박 의원이 강 선배를 제거하려고 일본에서 야쿠자까지 불러들였다는 거."

"그게 무슨 소리야? 박 의원이 강 선배를 왜?"

"거기까지는 나도 몰라. 내가 아는 건 박 의원이 야쿠자에게 의뢰를 했다는 것까지 만이야. 왜 그랬는지 궁금하면 박 의원에게 물어봐. 너 박 의원이랑 친하잖아?"

"확실한 거야?"

정유미는 반신반의한 표정이다. 평생 다시 만날 일 없을 것 같던 강유진의 이름이 갑자기 튀어나오니 도무지 실감이 나지 않았던 것이다.

"내가 일본통인 거 벌써 잊은 거야? 이래봬도 내가……."

"그래, 야쿠자에게 형제의 잔을 받았다며? 하아! 그 야쿠자들하고 연락할 방법이나 좀 알아봐 줘."

"왜?"

"어떻게든 중재를 해봐야지. 강 선배를 죽게 내버려둘 수는 없잖아. 더구나 강 선배가 국정원 컨설턴트라며? 자칫 일이 커지면 박 의원도 곤란해져. 어떻게든 수습해야 돼."

"과연 수습이 될까? 박 의원이나 강 선배 둘 다 보통이 아닌데."

"그건 그렇고, 너는 강 선배 만나봤어?"

"후후, 원래 배신자들끼리는 만나봐야 할 얘기도 없다고. 설마 너, 강 선배와 만나고 싶어서 중재하겠다고 나서는 건 아니겠지?"

"배신? 그 나이 먹고도 아직 철없는 소리를 하네. 정치인들 못 봤어? 앞에서는 불구대천의 원수처럼 대하다가도 뒤로는 사이좋게 비자금 나눠 쓰고 그러는 거! 정치판은 원래 그런 거야! 국제

관계도 마찬가지고! 어제까지 반군에게 무기와 자금을 지원해주다가도, 오늘 그 반군을 상대로 테러와의 전쟁을 벌이는 게 정치야! 국가의 이익을 위해서 전진하는 거, 그게 바로 선진정치라고!"

정유미가 숨도 쉬지 않고 쏘아 붙였다. 배신이라는 말에 상처를 받은 것이다.

그래도 남자는 이죽거리기를 멈추지 않았다.

"아, 참 좋은 말이다. 선진정치. 데모도 선진데모로 했으면 피 보는 사람 없을 텐데? 그치? 난 이래서 유미가 좋다니까."

비웃는 듯하지만 남자의 음성이 어쩐지 자조적이다. 그렇게 말하는 자신도 돈에 움직이는 사람이 되었기 때문일까?

그제야 흥분을 가라앉힌 정유미가 차갑게 말했다.

"……더 할 얘기 없으면 끊어."

"아아, 볼장 다 봤다는 소리네. 알았어. 야쿠자들과 만날 수 있는지 알아봐 줄게. 그전에 강 선배가 죽어버려도 나를 원망하면 안 된다?"

"원망 안 해."

"중재를 하려면 야쿠자보다 박 의원과 대화를 하는 게 더 빠를 거라는 생각은 안 해봤냐?"

"그건 내가 알아서 할 거니까 신경 쓰지 마. 내가 가진 패가 많아야 박 의원을 움직일 수 있어."

"오! 역시 정유미라니까! 옛날 생각난다!"

"옛날? 아직도 이십 대 같은 소리를 하고 있네. 쓸데없는 소리 하지 말고 네가 할 수 있는 일에 집중해."

"내가 할 수 있는 일이나 하라고? 그래 말 잘했다. 위험수당 이천 추가다."

"돈 없다고 했잖아."

"진짜 위험한 일이라니까. 야쿠자와 접촉하려다가 나까지 제거당할 수도 있어. 워낙 큰 건이라…… 여기저기 알려지길 바라지 않을 거야. 무슨 말인지 알아? 일 다 끝낸 뒤에 청소당할 수가 있다고."

"……천만 원은 더 마련해볼게."

"아, 젠장, 무슨 재래시장에서 고등어 값 흥정하듯 절반씩 깎네. 알았어. 천만 원 콜! 친구가 원수지, 쩝. 그건 그렇고 너도 조심해야 할걸. 박 의원 믿고 있다가 한 방에 훅~ 가는 수가 있다."

"기본적으로 난 사람을 믿지 않아. 더 할 말 없으면 이만 끊는다."

"……."

사내는 아무 말도 하지 않았다.

정유미는 망설임 없이 전화를 끊었다.

사람을 믿지 않는다는 말은 사실이다. 강유진이 동지들을 배신하고 떠나간 이후, 아니, 자신의 마음조차 믿을 게 못 된다는 것을 깨달은 뒤로, 믿음을 버렸다.

"하아! 바보 같은 사람. 그렇게 힘들게 떠났으면 잘 좀 살지. 하필 박 의원과 얽혀서 고생이람."

머리를 설레설레 흔들던 정유미가 수첩을 꺼내들었다.

그리고 박 의원의 스케줄을 꼼꼼히 살폈다.

"이런…… 내일 저녁에나 시간이 되겠네."

저녁이라니.

벌써부터 마음이 무거웠다.

단둘이 있을 때면 박 의원은 뭔가 더 바라는 눈으로 바라보곤 했다. 상대가 뭘 원하는지 뻔히 알기에 더 거북하다. 이십 대까지만 해도 다시 돌아보지 않았을 끔찍한 인간인데, 이제는 더럽고 치사하다고 욕하면서도 그 곁을 맴돌고 있다.

"조금만 더……."

아직은 독하게 마음먹고 달려갈 것이다. 언젠가 더러운 인간관계에 목을 매지 않아도 하고 싶은 일을 할 수 있는 그날이 올 테니까.

*　　*　　*

"문자 메시지가 도착했습니다."

연수원의 기숙사에서 자고 있던 강유진은 휴대전화 알람에 눈을 떴다.

침대 밑에 숨겨두었던 대포폰으로 문자가 들어온 모양이다.

어둠 속에서 눈을 비비고 일어나 휴대전화를 켜자 액정에 멀티메일이라는 표시가 보였다. 제법 긴 문자인 모양이다.

[대신캐피탈이 일신상사를 접수했다가 다시 동대문사단에 넘겨줬어요. 그냥 강한일 사장의 계보만 정리했네요. 대신캐피탈은 밤의 대통령 김대호가 이끄는 의리연합의 하부조직이에요.]

“문자 메시지가 도착했습니다.”

“문자 메시지가 도착했습니다.”

“문자 메시지가 도착했습니다.”

읽고 있는 동안에도 알람은 세 차례나 연속으로 울려댔다.

아마도 문자가 길어져서 나누어 보낸 것이리라.

강유진은 순서대로 읽어 나갔다.

[김대호는 11년 전까지 박 의원의 경호를 맡았어요. 그런데 올봄에 청풍이라는 요정에서 두 사람이 다시 회동을 가졌구요. 도마뱀 꼬리 자르기를 하고 있는 거겠죠?]

[박 의원의 주요 후원자 중 하나가 일본의 거물급 인사인 아키모토(秋本)예요. 야쿠자의 후원을 받고 있는 일한경제인연합회 회장이죠. 3월에 입국한 6명의 야쿠자들과 관계가 있을 거예요.]

[모두 박 의원과 관계가 있네요. 어떻게 할 생각이세요? 그게 뭐든 빨리 해야 할 거예요. ‘4개국 장관회의’ 가 시작되면 박 의원

은 더 높은 곳으로 날아갈 테니까요.]

강유진이 고개를 갸웃거렸다. '박 의원이 더 높은 곳으로 날아간다'는 말을 이해할 수 없었던 것이다.

곰곰 생각하던 강유진은 휴대전화의 발신 버튼을 눌렀다.

벨이 울리기가 무섭게 임지연의 청량한 음성이 들려왔다.

"네, 웬일이세요?"

임지연은 방금 자신이 다량의 문자를 보내고서 웬일이냐고 천연덕스럽게 묻고 있었다.

"문자 잘 받았습니다. 궁금한 게 있어서요."

"음, 혹시 '더 높은 곳으로 날아간다'는 말 때문인가요?"

"네."

"그건요, 아시겠지만 박 의원은 자민당의 대표예요. 심지어 자민당의 유일한 대선후보로 거론되고 있죠. 지금까지의 행보로 보면 '4개국 장관회의' 때 이벤트를 많이 열 거예요. 그의 위상이 더 높아질 거라는 건 의심의 여지가 없어요."

"하지만 범죄 사실이 드러나면……."

"그렇게 간단하지 않아요. 정치인으로 그 정도 위치에 오르면 적도 많아지죠. 그를 지지하는 사람들은 그에 관한 어떤 고소, 고발도 정치적인 음해라고 생각할 거예요. 검찰의 발표를 순수하게 받아들이는 사람도 있지만 공작이라고 부정하는 사람도 생겨요. 지금 한국의 상황에서는 그저 또 다른 정치적 투쟁을 가져올 뿐이죠. 검찰이 정치인의 범죄에 대해 매번 '법의 잣대'와 '정치적인 잣대'를 두고 고민하는 것도 그 때문이고요."

강유진의 얼굴이 찡그려졌다.

알고 있다. 그래도 이건 사안이 좀 다르지 않을까? 사이코패스인 자식의 살인죄를 덮기 위한 살인교사다. 여기에도 정치적인 잣대가 고려될 수 있을까?

"그래도 살인교사는 다르잖아요? 그건 국민정서에도 용납이 되지 않는 명백한 범죄인데."

"검찰 조사 결과를 믿는 국민이 몇 퍼센트일 것 같아요? 게다가 박 의원의 영향력은 검찰에도 미치고 있는 형편이에요. 양 사장과 이 사장의 살인교사는 증거물이 있으니까 검찰에서도 기소하겠지만, 박 의원은 달라요. 확실한 증거가 없는 한 절대 손대지 않을 거예요."

"……."

"게다가 박 의원이 권력의 중심에 가까이 갈수록 진실의 규명은 의미가 없게 돼요. 특히나 요즘처럼 국민들이 검찰을 믿지 못할 때는…… 범죄가 명명백백하게 드러나도 국민들은 반신반의(半信半疑)할 거예요. 그의 지지자들에게 그는 영원히 정권의 희생양으로 기억될 거고요. 권좌에서 끌어내릴 수는 있지만, 시궁창에 처박을 수는 없다는 뜻이죠."

"결국 박 의원이 자수를 하게 만들어야 한다는 말이군요. 아니면 직접…….”

“확실히 자수가 최선인데…….”

…….

강유진과 임지연은 뒷말을 입에 올리지 않았다.

현대와 같은 문명사회에서 -법에 맡기지 않고- 누군가를 직접 응징한다는 것은, 확실히 입에 담기 어려운 말이다. 하지만 이 순간 두 사람은 ‘박 의원이 정치적인 음모의 희생양으로 미화(美化)되게 해서는 안 된다’ 는 생각을 하고 있었다.

잠시 후 강유진이 침묵을 깼다.

“그런데 박 의원은 자수 같은 걸 할 인간이 아니잖아요?”

“…….”

강유진의 물음에 임지연은 선뜻 답하지 못했다.

그는 자수는커녕 벌써 강유진을 암살하기 위해 킬러를 고용한 사람이었다.

가만히 수화기에서 들려오는 소리에 집중하고 있던 임지연의 귓가로, 강유진의 담담한 음성이 들여왔다.

“……이제는 정말 막다른 곳에 다다른 것 같아요.”

“막다른 곳요?”

“네, 더는 망설일 시간도, 물러설 곳도, 없잖아요?”

“아!”

임지연의 입에서 탄성이 흘러나왔다. 지금까지 강유진이 무엇을 망설였는지 어렴풋이 알 것 같았다.

"사실 그 사람들이 제대로 법의 심판을 받게 될 거라고는 생각하지 않았습니다. 손발처럼 움직이던 한영권과 강한일이 죽었으니 증인도 사라진 거잖아요. 거기다가 한국의 사법기관은…… 이건 뭐 미친년 널뛰기하듯 판결이 제멋대로라서……."

임지연이 나직이 말을 받았다.

"확실히 우리나라 법원 판결은 초등학교 학예회 수준이죠."

부모가 어린 자식을 굶겨 죽이거나 때려 죽여도, 심성이 고운 판사를 만나면 집행유예로 풀려난다. 아무 여자나 끌고 가서 성폭행한 후에 죽여도, 술을 먹었다거나 잘 기억이 나지 않는다고 하면 -반드시라고 해도 좋을 만큼- 무기징역이다. 그런데 사형제를 없애자는 한국에서의 무기징역이란 게, 모범수로 몇 년 지내면 감형으로 풀어주는 상당히 범죄친화적인 시스템이다. 반면 독한 판사를 만나면 생계형 범죄, 이를테면 빵 한 조각, 기저귀 하나를 훔쳐도 기본이 몇 년이다.

"맞아요! 판사들 재판하는 거 보면 무슨 술자리에서 왕 게임 하는 거 같다니까요!"

"후후, 정말 그렇네요."

갑자기 강유진이 한숨을 내쉬었다.

"하아! 어쩌면 지금까지 박 의원의 자백을 받아내려고 했던 건, 아직 마음을 정하지 못해서 그랬던 건지도 몰라요. 시간을 질질

끌었던 거죠. 박 의원과의 싸움이 어쩐지 죽고 죽이는 문제로 변질되는 것 같아서…… 그런 거 쉽게 결정 하면 안 되잖아요."

"네에……."

임지연은 가슴이 답답했다.

초인적인 능력을 가지고도 법에 의지해 살아가려 했던 한 인간이, 신뢰할 수 없게 된 사법부 때문에 고뇌하고 있다. 그걸 뻔히 알면서도 어떤 위로의 말도 해줄 수 없다는 게 안타까웠다.

만약 그가 보통의 소시민이었다면 어떻게든 다독거렸을 것이다. 그래도 어쩔 수 없으니 참아야 한다고. 하지만 그는 평범한 인간이 아닌 초인 카론이다. 스스로 가야 할 길을 선택할 수 있고, 또 마땅히 선택해야 하는 사람이다.

문득 강유진이 물었다.

"한국도 사형이 집행되지 않은 지 꽤 됐다죠?"

"네, 저도 그렇게 들었어요."

"그런데 범죄자들의 형량을 내 마음대로 정해도 되는 걸까요?"

순간 임지연은 독하게 마음먹기로 했다. 강유진이 느끼고 있을 무게를 조금이라도 나누고 싶었다. 그것이야말로 그림자의 의무가 아닌가!

"음, 저라면 그런 건 고민하지 않을 거 같아요. 어차피 하늘은 법관에게도 그럴 권한을 주지 않았으니까요. 그냥 마음이 이끄는 대로 하는 게 어떨까요?"

"하하, 그렇군요. 마음이 이끄는 대로."

"저는 카론 님의 양심이 최선의 판결을 내려줄 거라고 믿어요."

임지연은 그를 '카론 님'이라고 불러주었다. 카론의 유지를 잇고 있다는 것을 상기함으로써 조금이라도 마음의 부담을 덜라는 배려에서다.

카론의 시대에도 법원이 없었을 테니, 악에 대한 심판은 전적으로 카론의 몫이었을 것이다.

"감사합니다."

강유진은 진심으로 임지연에게 감사했다.

임지연 과의 대화는 마음에 끼어 있던 안개를 걷어가 주었다.

그렇다. 자신은 카론이다. '엘의 신성으로 세상을 구하겠다'고 다짐한, 카론 말이다.

어쩌면 박 의원과의 일은 시작에 불과할지도 모른다. 생각해보면 KEF의 임무조차 초법적인 것이었다.

"도움이 되었다니 다행이에요. 참! 그런데 당분간은 일본의 야쿠자들을 조심하세요. 그들은 쉽게 포기하지 않을 거예요."

"알겠습니다."

…….

두 사람은 서로 상대가 무슨 말을 시작하길 기다렸다. 덕분에 잠시 침묵이 흘렀다.

그렇게 얼마쯤 지났을까?

문득 임지연이 생각났다는 듯 물었다.

"아! 그리고 다음 주죠? 파티 안 해요?"

"뭐가요?"

"훈련 마치는 거요. 3개월만 받는 거잖아요."

"아! 벌써 그렇게 됐나요?"

"시간 가는 줄도 모를 정도로 적성에 맞았나 봐요?"

"그런 건 아니고요. 이런저런 사건에 휘말리다 보니 잊고 있었습니다."

강유진이 무심코 벽에 걸린 달력을 바라보았다. 그러고 보니 벌써 4월이다. 저격당하지만 않았다면 손꼽아 기다리고 있었을지도 모를 날이 코앞에 다가와 있었다.

"그럼 그 소식도 아직 못 들으셨나 보네요?"

"무슨 소식요?"

"훈련 마치자마자 현장으로 지원 나가게 될 거라던데요? 혹시 알고 계셨어요?"

"지원요?"

강유진이 눈을 동그랗게 뜨고 되물었다. 지원이라니? 그런 건 금시초문이었다.

"가야 하는 곳이 대성그룹인데…… 역시 모르셨군요?"

"네에? 대성그룹요?"

강유진의 음성이 저도 모르게 높아졌다.

"뭘 그렇게 놀라세요?"

"아닙니다. 그런데 국정원에서 거긴 왜?"

"산업스파이와 관계된 일이에요. 작년 여름에 대성그룹에서 국정원 쪽으로 수사를 의뢰했었다고 하더군요. 지금은 용의자 윤곽도 대강 드러나서 마무리 작업 중이라고 하던데. 차장님이 현장감각을 익히라고 지원을 내보낼 생각인가 봐요."

"산업스파이요? 난 그런 거 진짜 모르는데……."

"에이, 그래도 명색이 기업자문 컨설턴트인데 너무 모른다고 하지는 마세요."

"어휴! 지연 씨도 알잖아요. 저 그런 쪽으로는 젬병인 거. 말 나온 김에 좀 더 정보를 주세요. 내가 가서 뭘 해야 하는 건지 아세요?"

"나중에 차장님이 정식으로 말씀해 주시겠지만…… 대성그룹 쪽의 일은 제가 더 잘 아니까…… 대성의 혁신전략사업부 직원 중에 대성 SDI(Serial Digital Interface)의 신개발품 정보를 빼다가 중국에 팔아먹은 사람이 있었나 봐요. 산업스파이를 담당하는 팀에서 그가 누군지 밝혀낸 모양인데, 중국의 거래처까지 일망타진하려고 접촉할 날만 기다리고 있다네요."

"그냥 수사하던 사람들에게 계속하라고 하지……."

"후후, 어차피 체포는 산업스파이팀이 알아서 할 거예요. 차장님 말씀대로 하자면, '다 차린 밥상에 숟가락 하나 더 얹어놓을 테니까 우리 쪽 팀워크나 좀 다져볼까요?' 정도예요."

"벌써 우리 쪽 팀까지 구성된 건가요?"

우리 쪽 팀이란 KEF를 의미한다. KEF에 관계된 사람들은 KEF를 입에 올리지 않았다. 그러다 보니 그냥 '우리 팀'이라거나 '우리 쪽 팀'이라는 말이 굳어지고 있는 형편이다.

"인선은 끝냈다고 하시더라고요."

"그렇군요. 하여튼 저는 그냥 산업스파이 담당요원들을 따라다니면 되는 거죠?"

"맞아요. 어차피 다른 부서에서는 우리 팀의 존재 자체를 모르니까요. 일은 다른 부서에서 다 한다니까 너무 신경 쓰지 마세요. 견학 정도로 생각하시면 될 것 같아요. 훈련은 주말에 끝나죠?"

"네, 저만 금요일에 끝납니다."

"미리 축하드려요."

"감사합니다. 그런데 꽃다발 같은 것도 보내주시나요?"

"어머, 신임요원 훈련에 꽃다발을 보내는 건…… 보안서약 위반으로 잡혀갈 만한 일인데요."

"험, 농담이었습니다."

"후훗! 더 이상 궁금한 게 없으면 전화 끊을게요."

"네, 좋은 밤 되세요."

"카론 님도요."

강유진은 전화를 끊자마자 대포폰을 다시 침대 밑에 쑤셔 넣었다.

벽에 걸린 시계를 보니 어느덧 새벽 1시.

임지연의 전화를 받은 때가 12시 즈음이니, 한 시간 정도 통화를 한 것 같다. 덕분에 자신의 주변에서 일어나고 있는 일을 이제는 확실히 알 수 있게 되었다.

박창섭 의원이 국내의 조폭을 동원해 강한일을 제거하고, 자신에게는 따로 야쿠자를 보낸 것이다.

"쯧, 죽여달라고 고사를 지내는구나."

강유진이 팔베개를 하고 천장을 올려다보았다. 불 꺼진 형광등의 그을린 자국이 선명하게 눈에 들어왔다. 창밖에서 비춰주는 도시의 불빛 덕분이다. 문득 퉁샤오의 조리법을 배우느라 땀을 뻘뻘 흘리던 이정우의 얼굴이 떠올랐다.

"정우야, 조금만 기다려봐. 아주 조금만 더. 형이 죄짓고는 못 산다는 걸 확실하게 가르쳐줄 테니까. 상대가 누구라도 말이야."

*　　*　　*

점심식사를 마친 최명석이 강유진과 함께 커피를 마시며 노닥거리고 있을 때다.

훈육관 중의 한 사람이 다가와 최명석의 어깨를 가볍게 짚었다.

"최명석 요원."

"예?"

"면회다. 잠깐 시간 좀 내야겠다."

"면회요?"

최명석이 놀란 눈으로 훈육관과 강유진을 번갈아 바라보았다. 훈련 중에 면회가 가능하다는 소리를 들은 기억도 없지만, 면회를 올 사람도 없다고 생각했기 때문이다.

"혹시…… 집에 무슨 일이 생겼습니까?"

최명석의 음성은 가늘게 떨리고 있었다.

"자세한 사정은 나도 모른다. 따라와라."

"네."

최명석이 딱딱하게 굳은 얼굴로 훈육관을 따라갔다.

덩달아 놀란 강유진은 차마 잘 다녀오라는 인사도 건네지 못했다.

훈육관은 최명석을 상담실까지 안내하고는 뒤도 돌아보지 않고 멀어져 갔다.

상담실 안에 들어간 최명석은 불안한 눈으로 주변을 살폈다.

누군가 면회를 왔다고 하더니 상담실이다. 자신의 신변에 문제가 생긴 것이리라.

'제길, 이제 와서…… 사돈의 팔촌 중에 월북한 사람의 기록이

발견됐으니 집으로 돌아가라는 건 아니겠지? 설마 그러려고…….'

최명석이 고개를 세차게 가로저었다.

신원조회의 문제는 아닐 거다. 연좌제는 오래전에 폐지되지 않았던가!

'그럼 뭐지? 적성검사에서 부적격으로 판정 났나?'

아무래도 이게 가장 가능성이 있어 보인다. 각종 검사에서 -높은 점수를 얻기 위해- 한 번 더 머리를 굴린 게 마음에 걸린다. 거기에서 역효과가 났을 수도 있다.

'제길, 남들처럼 평범하게 할걸…….'

확실히 적성검사에서 문제가 생긴 것 같다. 분명히 거기에서 '이상한 놈'으로 판정이 난 것이리라.

'아! 너무 잔머리를 썼나! 제길! 제길! 만약 그런 거라면 다시 받게 해달라고 해야지. 전에는 솔직하지 못한 답을 썼다고 하면 되려나…….'

"하아!"

최명석의 입에서 한숨이 흘러나왔다. 그런 사정이 통할 리가 없다는 생각에서다. 대학교 적성검사도 재검이 없는데, 하물며 국정원이다.

그렇게 최명석이 자신의 치명적인 실수를 상상하고 있을 때다.

소리도 없이 문이 열리며 한 남자가 들어왔다.

최명석이 처음 대하는 중년인이었다. 가슴에는 방문자 표시도 없다. 국정원의 관계자임이 틀림없다. 그것도 요원들을 마음대로 소환 할 수 있는 위치의 남자다.

"최명석입니다!"

최명석은 눈이 마주치기도 전에 허리가 부러져라 인사를 했다.

"하하! 훈련 중이라서 기합이 잔뜩 들어가 있군요. 너무 긴장하지 마십시오."

"네!"

최명석은 마치 신병훈련소에라도 입소한 사람처럼 부동자세를 취했다.

중년인이 먼저 소파에 앉았다.

"앉으세요."

"네!"

최명석은 어색하게 소파 끝에 걸터앉았다. 엉덩이에 와 닿는 소파의 감촉은 마음과 달리 폭신하기만 했다.

중년인의 얼굴에 미소가 떠올랐다. 이상하게 최명석처럼 절도 있는 사람을 보면 마음이 푸근해진다. 아마도 군대의 때를 벗겨내지 못한 때문인지도 모른다.

중년인 박영찬 차장이 최명석의 눈을 지그시 들여다보았다.

"최명석 요원, 국가를 위해 죽을 준비는 되어 있습니까?"

"네?"

최명석이 눈을 휘둥그렇게 뜨고 중년인을 바라보았다.

뜬금없이 국가를 위해 죽을 준비가 되어 있느냐니? 이게 무슨 자다가 봉창 두드리는 소리란 말인가?

"국가를 위해 죽을 준비가 되어 있느냐는 말입니다."

"무, 물론입니다!"

최명석으로서는 교과서적인 대답을 할 수밖에 없었다. 비록 교과서적인 것일지라도, 지금으로서는 그것이 최선의 대답이라고 믿었다. 적성검사의 문제를 정면으로 뚫고 나가려면 기본에 충실해야 하지 않겠는가! 가장 무난한 것이 최선인 것이다.

갑자기 박영찬 차장의 음성이 작아졌다. 귀를 기울이지 않으면 알아들을 수 없을 만큼 말이다.

"나는 요원에게 한 가지 제안을 하러 왔습니다. 그러나 그에 앞서 다시 한 번 질문을 할 것입니다. 다시 한 번 나의 질문에 '죽을 준비가 되어 있다'는 답을 한다면, 나는 요원에게 그 제안을 할 겁니다. 그리고 나의 제안을 듣는 순간, 요원은 이전으로 돌아 갈 수 없습니다. 오직 국가를 위해 죽는 그 일 이외에 다른 선택이 없게 되는 겁니다. 알아들었습니까?"

"네?"

최명석이 멍한 표정으로 중년인을 바라보았다. 그가 말하는 의미를 도통 알 수가 없었기 때문이다.

박영찬 차장이 희미하게 웃으며 말했다.

"국가를 위해 죽을 준비가 되어 있느냐는 것은, 추상적인 질문이 아닙니다. 모든 게 진짜지요. 나는 요원의 결심이 확고하다면 요원을 데리고 갈 생각으로 이 자리에 와 있는 것입니다. 이제 질문의 의도를 이해했습니까?"

"……그러니까 지금, 저를 집으로 돌려보내기 위해서가 아니라, 채용하기 위해서 오셨다는 말씀이시죠?"

"집으로 돌려보내다니요?"

그제야 최명석의 입에서 안도의 한숨이 흘러나왔다.

"휴우! 솔직히 저는 퇴소를 통보받는 줄 알고 긴장하고 있었습니다."

"아, 그랬군요. 하지만 그런 일과는 관계가 없습니다."

"네, 이제 확실히 알았습니다. 그러니까 저에게 어떤 임무를 제안하려고 오신 거 맞습니까?"

"그렇습니다. 이제 질문을 이해하신 것 같으니 다시 묻겠습니다. 최명석 요원은 국가를 위해 죽을 준비가 되어 있습니까?"

"……."

최명석이 야릇한 표정으로 중년인을 바라보았다. 훈련원에서 시도 때도 없이 반복되던 질문을 꽤나 심각하게 한다고 생각한 때문이다.

'드디어 흑색요원으로 차출되는 순간인가!'

기다리고 기다리던 순간이다.

"네! 저는 국가를 위해 죽을 준비가 되어 있습니다!"

묵묵히 고개를 끄덕이던 박영찬 차장이 담담한 음성으로 말했다.

"이 시간 이후로 최명석 요원은 제5과의 소속입니다. 요원이 제5과의 소속이라는 것은 국가 최고의 기밀이며 누구도 알아서는 안 됩니다. 알겠습니까?"

"네."

최명석은 제5과가 뭐하는 곳인지도 모르고 시원하게 대답했다.

하지만 계속된 경고에 최명석의 표정은 조금씩 굳어갔다.

"만약 제5과 소속인 요원의 신분을 제삼자에게 누설한다면, 요원은 국정원 요원의 신분을 박탈당하게 될 것입니다. 그런 일이 발생한다면 요원은 훈련과정에서 부적격자로 판명 나서 탈락한 것으로 기록될 것입니다. 이것도 알겠습니까?"

"네……."

"더불어 우리는 퇴출된 요원으로부터 국가기밀을 지키기 위해 극단적인 선택을 하게 될지도 모릅니다. 나의 거듭된 질문은 바로 그것을 위한 것이었으며, 요원은 그것에 동의를 한 것입니다."

"……."

최명석이 하얗게 질린 얼굴로 중년인을 바라보았다.

스파이 영화에 의하면 그건 죽이겠다는 말이다. 대체 제5과가 무엇이기에 그 정도의 보안서약을 시킨단 말인가?

"농담입니다."

'응? 그럼 그렇지.'

박영찬 차장의 말에 최명석이 한숨을 길게 내쉬었다.

"하아! 진짜인 줄 알고 긴장했었습니다."

"……."

박영찬 차장의 입가에 부드러운 미소가 떠올랐다. 하지만 두 눈은, 마치 매나 독수리의 그것처럼, 무정하게 가라앉아 있었다.

최명석은 왠지 께름칙한 느낌을 애써 떨쳐버렸다.

"저, 궁금해서 그런데요, 흑색요원은 모두가 그런 서약을 합니까?"

"최명석 요원은 흑색요원이 아닙니다. 요원은 국정원에 존재하지 않는 제5과의 일원이 된 겁니다."

"제5과요?"

최명석이 고개를 갸웃거렸다. 제5과라는 말은 처음 듣기 때문이다.

"다음 주가 되면, 모든 걸 알게 될 겁니다."

"다음 주요?"

"그렇습니다. 일주일 후에 최명석 요원은 현장요원 부적격 판정을 받고 퇴소하게 됩니다."

"헉! 부적격요?"

"그렇게 놀라지 않아도 됩니다. 곧바로 지원과의 카운슬링

(counseling) 부서에 배치 받게 될 테니까요."

"……."

최명석이 인상을 찡그렸다.

부적격 판정에 카운슬링이라니? 아무래도 '퇴소를 시키기 위해 없는 말을 지어내는 것 같다'는 생각이 든다. 기밀을 누설하면 죽여버리겠다는 협박만 해도 그렇다. 21세기 현대 사회에서 국가 공무원에게 그런 협박이라니? 정말 이것은 특수임무분과일까? 아니면 적성검사의 부적격자를 대상으로 하는 재취업 상담의 일환일까?

"저어, 그럼 지원과의 카운슬링 부서가 제5과인가요?"

"정확히 봤습니다. 정식으로 내 소개를 하겠습니다. 나는 대외적으로 '카운슬링과'의 과장인 박영찬입니다."

"아, 네, 박 과장님이시군요. 그러시다면 제5과와는 어떤 관계신지?"

최명석이 얼떨떨한 표정으로 박영찬 과장을 바라보았다. '제5과'니 '카운슬링과'니 하는 말들에 혼란을 느껴 현실감까지 조금 상실한 것이다.

"나의 진짜 신분은 대통령 직속의 신설분과인 제5과의 차장입니다. 제5과가 국정원 내에서조차 이중의 신분을 유지해야 하는 이유는, 다음 주에 있을 '카운슬링과의 발족식 날' 알게 될 것입니다."

"아, 네……."

최명석이 자신 없는 소리를 답했다.

대통령 직속? 신설분과? 국정원에서조차 이중 신분? 자신이 정말 부적합 판정을 받아서 카운슬링과에 배치되기 전까지는 도무지 믿을 수 없는 말들이었다. 한편으로 '그런 재수 없는 일이 일어나지 않도록 최대한 몸을 사려야겠다' 는 생각이 뇌리를 스치고 지나갔다.

그런 최명석의 귀로 청천벽력 같은 소리가 떨어졌다.

"최명석 요원은 이번 주에 사고를 쳐야 합니다."

"네? 사고요?"

"부적격 판정을 받을 정도의 사고를 치세요. 그것이 제5과의 차장으로써 내리는 첫 번째 명령입니다."

"헐, 그러다가 진짜 부적격 판정을 받으면 어떻게 합니까?"

"요원은 당연히 부적격 판정을 받아야 합니다. 신설된 카운슬링 부서로 오기 위한 사전 준비 작업이라고 생각하세요."

"저, 차장님, 그냥 명예롭게 가면 안 됩니까?"

최명석의 얼굴이 한껏 일그러졌다. 어쩐지 자신이 깊은 수렁에 빠져들고 있는 느낌이다. 말만 듣고 있어도 현기증이 났다.

"대외적으로 우리 카운슬링 부서는 그다지 명예롭지 못한 사람들로 꾸려질 예정입니다. 솔직히 재교육이나 대기발령 받은 사람들의 모임쯤으로 보였으면 좋겠다는 게 나의 바람입니다. 다른 팀원들의 인사고과 점수도 좋지 않을 겁니다."

"……."

최명석의 입이 쩍 벌어졌다. 이런 미친 -그리고 '병신 같은' 의 경계에 서 있는- 부서가 있을 줄은 상상도 하지 못했었다.

"그러니 신임 요원도 나름 균형을 맞춰야겠지요."

"……."

최명석은 완전히 넋이 나간 표정이었다.

부적격 판정을 받기 위해 사고를 치라니? 정말 제5과라는 것이 있기는 한 것일까? 혹시 벌써 부적격 판정을 받은 게 아닐까? 이 모든 게 자신을 버리기 위한 국정원의 농간이라면?

상상의 나래를 펴던 최명석은 머리를 세차게 흔들었다.

고작 부적격 판정자들을 위해서 이렇게 거창한 일을 벌일 이유가 없다는데 생각이 미친 것이다.

그렇다면 이건 기회다!

꿈에도 그리던 진짜 특수요원에 차출된 것인지도 모른다.

"사고 한번 쳐보겠습니다."

아직 100퍼센트 정체가 드러난 부서는 아니었지만, 최명석은 마음을 굳혔다. 이 괴조직에 뼈를 묻어보기로 말이다.

어느 정도 흥분과 긴장이 사라지자 갑자기 궁금해진다.

"과장님, 그런데 왜 저를 선발하신 겁니까?"

"조만간 알게 될 겁니다."

대답과 함께 박영찬 과장이 자리에서 일어났다.

“그럼, 면회는 이만 끝내기로 하지요. 수고하셨습니다. 돌아가도 됩니다.”

“아, 네.”

최명석도 얼떨결에 따라 일어섰다.

얼마나 긴장하고 있었던지, 축축하게 젖은 바지가 허벅지에 자꾸 달라붙어서 손으로 몇 번이나 떼주어야 했다.

# 제4화

## 카운슬링과의 모토

밤 8시 15분, 서울역에 도착한 박창섭 의원이 웃으며 손을 흔들어 보였다. 역무원들 속에 정유미가 단정하게 서 있었다.

동행하던 정도원 의원이 박창섭 의원에게 속삭였다.

"어이쿠! 형님, 좋으시겠습니다. 우리 당 최고의 꽃미녀가 마중을 다 나왔네요. 시간이 늦었는데, 다른 스케줄이라도 있는 겁니까?"

"그런 게 있을 리가 있나. 뭐 급한 일이라도 생겼나보지."

"하여튼 형님, 부럽습니다. 미모 출중하지, 능력 좋지…… 독신이지. 부럽다, 부러워. 미녀 보좌관 때문에 형수님 눈치 좀 보이시겠습니다."

"거 입방정 좀 그만 떨어. 그렇게 부러우면 정 보좌관만큼 머리가 잘 굴러가는 에스라인 하나 곁에 두던가. 쯧쯧! 나 먼저 간다."
박창섭 의원이 걸음을 빨리했다.
뒤처진 정도원 의원이 급히 인사를 던졌다.
"예, 형님, 수고하셨습니다! 좋은 시간 되십쇼."
박창섭 의원은 뒤를 돌아보지도 않고 손을 흔들었다. 그런 박창섭 의원의 뒤로 경호원과 사복 경찰들이 부지런히 따라붙었다.

정유미는 박창섭 의원을 근처 힐튼호텔 커피숍으로 안내했다.
수행원들과 경호원, 그리고 사복경찰들을 멀찌감치 두고 앉은 자리에서 정유미가 단도직입적으로 말했다.
"의원님께서 사조직을 통해 진행하고 있는 일을 알고 있습니다. 보좌관이자 정무수석으로서, 그 일을 중지해주실 것을 요청합니다."
"……."
박창섭 의원이 뚱한 표정으로 정유미를 바라보았다. 속으로는 가슴이 덜컥 내려앉을 정도로 놀랐지만, 그걸 얼굴에 드러낼 정도로 바보는 아니었다.
"허허, 무슨 소리예요? 내가 무슨 일을 하고 있다고? 지금까지 후원회 행사를 하느라 정신이 하나도 없었는데."
"강 · 유 · 진 씨가 누군지 모른다고 하지는 않으시겠죠?"
정유미가 박창섭 의원의 눈을 똑바로 바라보았다.

순간 박창섭 의원이 불쾌하다는 듯 눈살을 찡그렸다.

그래도 정유미는 박창섭 의원을 향한 시선을 거두지 않았다.

결국 박창섭 의원이 마지못해 입을 열었다.

"좋지 않아. 자네는 지금 호랑이 등에 올라타려고 하고 있어. 자네가 여의도에서 많이 큰 건 사실이지만, 감당할 수 없는 일은 손대지 않는 게 나아."

"흣! 감당할 수 없는 일이라고요? 제가 의원님에 대해 모르는 일이 있던가요? 총풍, 북풍, 남풍, 여론조작, 현지처, 사생아, 테러, 뇌물수수…… 제가 감당하지 못한 일이 하나라도 있었던가요?"

"흐음, 모두가 나라를 위한 일이었네. 간혹 인간의 나약함으로 인한 것도 있지만……."

"의원님을 공격하기 위해 이 자리를 만든 게 아니에요. 보좌관이자 정무수석으로서, 의원님을 위한 길이 무엇인지 알기 때문에 이러는 거예요."

"나를 위해서라면 이번 일은 내버려두게."

"항상 제 판단이 옳았다는 거 의원님도 아시잖아요. 중지해주세요."

"미안하지만 이번만큼은 자네의 의견을 따라줄 수가 없네."

"대체 강유진 씨와 무슨 일이 있었던 거죠?"

박창섭 의원이 담담한 어조로 말했다.

"알려고 하지 말게."

"직접 말씀해주세요. 의원님이 아니더라도 알아낼 수 있다는 거 아시죠?"

"……."

박창섭 의원이 정유미를 힐끔 바라보았다.

고집스러운 그 눈매를 보고 있노라니 가르쳐주지 않으면 여기저기 찔러볼 것 같다.

'정말 많이 컸군. 위험해. 정말 위험해.'

어떤 정보통을 가졌는지 몰라도 벌써 강유진의 이름까지 알아냈다. 저대로라면, 강유진과 관계된 일을 알아내는 것도 시간문제일 뿐이다.

한숨을 푹푹 내뱉던 박창섭 의원이 힘들게 입을 열었다.

"자네도 나에게 사고뭉치 아들 녀석이 있는 건 알고 있겠지? 그 녀석이 못된 놈들과 어울려 다니다가 사람을 죽였어. 그게 하필 강유진이 데리고 있던 새끼 깡패야. 얼마 뒤에 강유진이 살인범들을 죄다 찾아냈지. 그리고 그 부모들을 찾아다니며 협박을 한 거야. 나도 그 피해자 중 하나였지."

박창섭 의원은 정말 자신을 피해자라고 믿고 있었다. 물론 조금 복잡한 과정을 거쳤지만 말이다. 당연히 그의 표정과 음성은, 상당히, 진실됐다.

"그런데 옛날에 내가 경호원으로 쓰던 녀석이 있어. 그 녀석이

내 사정을 알고서는 강유진의 문제를 처리해주겠다고 나선 거야. 그 즈음 일본에 있던 지인과 그 일로 상의를 했는데, 그가 덜컥 야쿠자를 보냈다네. 그게 전부야. 이제 알겠나? 어디에도 자네와 내가 끼어들 틈이 없다고."

"……."

정유미가 놀란 표정으로 박창섭 의원을 바라보았다.

자신이 강유진의 실체를 몰랐다면 액면 그대로 믿었을 것이다. 하지만 강유진은 그런 일로 부모를 협박하고 다닐 사람이 아니다. 게다가 국정원의 컨설턴트가 왜 그런 저급한 짓을 하고 다닌단 말인가?

"뭔가 오해가 있었을 겁니다. 강유진 씨는 국정원의 컨설턴트예요. 그런 일로 피의자들의 부모를 협박했을 리가 없어요."

"쯧! 자네는 하나만 알고 둘은 모르는군. 지금까지 여의도에서 무얼 배웠나? 그자가 국정원의 컨설턴트였기 때문에 우리를 협박한 건지도 모르지. 국내 유수의 기업가들과 자민당 대표의 목줄기를 움켜쥘 수 있는 기회란 흔치 않으니까."

"……."

정유미는 일순 혼란에 빠지고 말았다.

확실히 국정원의 직원에게 그것은 치명적인 유혹이었을 것이다.

'정말 강 선배가 그 일로 자민당 대표와 기업가들을 협박했을

까?'

지금의 자신이라면 그렇게 하고도 남았다.

강유진도 그랬을까?

그런 정유미를 본 박창섭 의원이 슬며시 웃으며 말을 이어 나갔다.

"자네는 이 시궁창에서 손을 떼게. 이건 고도의 정치적인 문제일세. 자네가 관여하면 괜히 손만 더러워질 뿐이야. 이방원처럼, 후대를 위해 내 손에는 피를 묻혀도 되네. 하지만 자네는 아니야. 내 후계자인 자네까지 이 시궁창에 발을 들여놓게 할 생각은 없네. 자네는 우리 당에서 가장 깨끗한 자산이니까."

"……제가 직접 강유진 씨를 만나보겠어요."

"쯧쯧! 진흙탕 속에 왜 들어가려고 하나?"

"강유진 씨를 만나면 의원님의 생각이 오해인지, 사실인지 알 수 있겠죠. 만약 사실이라면 즉시 손을 떼겠어요. 하지만 서로가 오해를 한 거라면, 제가 강유진 씨를 설득하겠어요."

"그는 설득당하지 않을 걸세. 지금쯤 그의 목표는 나를 파멸시키는 것일 테니까."

"의원님을 물고 늘어지는 것은 국익에 반하는 행동이에요. 의원님에게는 막중한 사명이 있으니까요. 지금 그러는 건 테러와 다름없어요. 저는 그런 일이 일어나도록 내버려두지 않을 겁니다."

"허어! 자네의 결심이 대단하군. 말려도 소용없겠지? 내가 어떻게 해주면 되겠나?"

정유미가 단호한 어조로 답했다.

"제가 강유진 씨를 설득할 테니…… 당분간 야쿠자들이 움직이지 않게 해주세요."

"당분간이라면 가능하네."

"감사해요. 그렇게 오래 걸리지는 않을 거예요."

"자네는 흔들리지 않을 자신이 있나?"

"말씀드렸다시피 중재를 하든가, 여의치 않으면 이번 일에서 손을 떼겠어요."

"잘 생각했네. 그렇다면 이번에도 나는 자네의 역량을 믿고 기다려보겠네."

말과 함께 박창섭 의원이 정유미의 손등에 가만히 손을 올려놓았다.

정유미는 움찔하고 놀랐지만 손을 빼지 않았다.

그런 정유미의 손등을 박창섭 의원의 투박한 손이 부드럽게 쓰다듬었다.

"다시 말하지만, 자네는 내 모든 것을 물려받게 될 걸세."

"……."

잠시 머뭇거리던 정유미가 살짝 손을 뺐다.

아니, 빼내려고 했다.

하지만 그러지 못했다. 갑자기 박창섭 의원이 정유미의 손을 강하게 움켜잡았기 때문이다.

곧이어 박창섭 의원이 나지막한 소리로, 그러나 한 자 한 자 힘주어 말했다.

"우리가 한 배를 탄 사이라는 걸 잊지 말게."

…….

정유미는 창밖으로 고개를 돌렸다.

어둡고 습기 찬 창문에 박창섭 의원의 얼굴이 흐릿하게 투영(投影)됐다.

'하아!'

악다문 붉은 입술 사이로 뜨거운 숨결이 흘러나왔다.

맞다. 그와는 한 배를 탄 사이다. 그의 비밀 중 어떤 것들은 자신의 손에 의해 지켜진 것이었으니까. 어떤 면에서 자신은 원찬명보다 더한 짓을 하고 있는지도 모른다.

'선배, 당신은 어때?'

* * *

"하아! 형님, 조만간 저 사고 제대로 칠 것 같습니다."

최명석의 선언에 강유진은 국을 퍼먹던 자세 그대로 굳어버렸다.

아무래도 어제의 면회에 무슨 일이 있었던 모양이다. 신임요원들 내부에서는 최명석의 집안에 초상이 난 것 같다는 소문이 떠돌고 있었다.

"무슨 일인지는 모르지만…… 좀 참지? 지금까지 잘 해왔잖아?"

"적성에 안 맞는 것 같아요. 훈육관들 눈치 보는 것도 지겹고……."

최명석이 있지도 않은 말로 미리 양념을 치기 시작했다. 제5과로 가기 위해서 사고를 쳐야 하는데 만만한 게 강유진이었던 것이다.

"왜? 집안에 안 좋은 일 있냐?"

걱정스러운 표정으로 묻는 강유진에게 최명석이 씁쓰름한 미소를 지어 보였다. 누가 봐도 그 표정은, 집안에 변고가 생겼다는 얼굴이었다.

강유진이 젓가락으로 나물을 톡톡 건드리며 중얼거렸다.

"이럴 때는 하늘이 참 무심하다는 생각이 든다. 그렇지 않냐?"

"그러게 말입니다. 형님하고 좀 친해졌는데…… 그러고 보니 여기서 건진 거라고는 형님하고의 인맥밖에 없네요."

"명석아, 자기 일이라고 미래를 너무 속단하지는 말자. 일단은 현재에 최선을 다하는 게 좋아."

"뭐, 그래야겠죠. 말이 그렇다는 거지 제 주제에 별다른 일이야

있겠습니까?"

최명석이 다시 씩씩하게 밥을 퍼먹기 시작했다.

이미 입맛을 잃었지만, 강유진은 계속 밥을 깨작거렸다. 최명석을 혼자 두고 가는 게 마음에 걸려 자리를 지키고 있는 것이다.

근처에서 속닥거리는 신임요원들의 말소리가 들려왔다.

"오늘 저녁에 회식이 있담서?"

"아, 지겨워! 그놈의 회식, 안 하면 안 되나?"

"그러게 말이야. 꼭 산행이 길어질 것 같으면 미리 회식한다고 그러더라."

"낮에 진 다 빼놓고, 밤에도 쉬지 못하게 하겠다는 수작이지 뭐."

"피곤해야 술발이 잘 받는 것도 있으니까. 이번에는 조용히 넘어가야 할 텐데."

강유진이 걱정된다는 얼굴로 최명석을 바라보았다.

처음 있었던 회식에서 최명석이 난리 치던 기억이 새삼 떠올랐던 것이다. 신참이라 몸을 사릴 때도 그 정도였다. 이번에는 비운의 가정사까지 겹쳐 그렇지 않아도 폭발 직전이다. 하필 이런 때에 회식이라니!

'이번에는 내가 좀 막아줘야겠다.'

그래도 '형님! 형님!' 하면서 따라다니던 사람이다. 그가 속절없이 망해 나가는 꼴을 지켜보고 있을 수만은 없었다.

신임요원들이 길고 지루한 산행을 끝내고 연수원으로 돌아온 시간은 밤 8시가 조금 지났을 무렵이다.

제대로 씻지도 못하고 저녁 식사를 마친 신임요원들은 곧바로 술자리로 이동해야 했다.

그 바람에 여자 신임요원들의 신경은 날카롭게 곤두서 있었다. 남자들의 시큼한 땀 냄새도 거슬렸지만, 무엇보다 씻지도 못한 몸이 끈적거려 불쾌했던 것이다.

몇몇 여자 신임요원들은 처음부터 대놓고 투덜거렸다. 무슨 회식을 씻지도 못하게 하고 하느냐가 불평의 이유였다.

"그렇잖아요? 사회에서 이런 몰골로 회식을 하는 사람들이 있나요? 이건 현장실습도 아니고 그냥 괴롭히기 정도밖에 안 된다고요."

말과 함께 이보람 요원이 술잔을 거칠게 탁자에 내려놓았다.

몇몇 여자 요원들이 고개를 주억거렸다. 확실히 이런 몰골로 회식을 하는 조직은 없다. 극기 훈련이라면 모를까? 이런 걸 회식이라고 부를 수는 없을 것이었다.

"맞아요. 훈육관들이 여자들을 괴롭히려고 벌인 짓이 틀림없어요."

"맞아, 여자들이 너무 잘 따라 가니까 배알이 꼴렸던 모양이지? 꼴에 남자들이라고!"

묵묵히 술잔을 비우고 신임 남자요원 중 하나가 조심스럽게 끼어들었다.

"여자만 괴로운 건 아닙니다. 남자들도 씻지 못해서 괴로운 건 마찬가지니까요. 이건 그냥 신임요원 모두를 골탕 먹이기 위한 거라고 생각합니다. 이런 문제까지 성차별로 접근하는 건 아니라고 봅니다. 입은 삐뚤어졌어도 말은 바로 해야죠."

"……."

분위기가 조금 싸해졌다.

여자 신임요원들의 시선이 일제히 그렇게 말한 남자에게로 모아졌다.

나이가 가장 많아 평소 여성 요원들 사이에 왕언니 소리를 듣던 김현주가 냉랭하게 받아쳤다.

"물론 남자들도 불편하겠지만, 솔직히 여자에 비할 건 아니잖아요. 같은 남자라고 이 판에도 훈육관 편을 드는 거예요?"

비록 훈육관의 욕으로 시작된 일이었지만, 훈육관은 구름 위의 존재였다. 그에 비해 남자 신임요원은 가까이 있는 동료다. 후환도 없고 말싸움의 부담도 적다. 여자들의 불만이 그에게로 쏠리는 건 어찌 보면 당연한 결과였는지도 모른다. 꾹꾹 눌러두었던 스트레스는 어디로든 터져나가야 했으니까 말이다.

"그래서 가재는 게 편이라잖아요."

"진짜 짜증난다. 여자랑 남자가 느끼는 불편함이 어떻게 같다는 거지?"

"그러게 말이에요. 전에 사귀던 남자는 이삼 일 씻지도 않고 잘 돌아다니던데."

"아이! 더러워. 그런 남자랑 왜 사귀었어요?"

"그런 줄 알고 사귀었나? 사귀다가 알게 된 거지."

"하여간 남자들이란 더럽다니까."

여자들의 수다가 회식 자리를 완전히 장악해버렸다.

괜히 끼어들었다가 본전도 찾지 못하게 된 남자 신임요원은, 주변의 남자들을 향해 말이 안 통한다는 듯 어깨를 으쓱해 보이고는 다시 술잔에 술을 가득 채웠다.

이보람이 그런 남자를 향해 코웃음을 날렸다. 그가 마치 '여우와 신 포도'라는 우화에 등장하는 여우처럼 행동하는 게 가소롭게 보였던 것이다.

"이봐요, 강동원 요원. 할 말이 있으면 남자답게 말로 하세요. 이게 뭐예요, 이게."

이보람이 남자 요원의 어깻짓을 흉내 냈다.

순간 '호호호!' 하고 여자들이 일제히 웃음을 터뜨렸다.

남자 신임요원 강동원의 얼굴이 붉게 달아올랐다.

이보람이 뭐라고 반박하려는 그를 향해 카운터펀치를 날렸다.

"그러고 보니 아까 하산할 때, 강동원 요원이 제일 뒤처져 있었죠? 설마 그래서 남자도 여자만큼 힘들고 불편하다고 한 건가요? 그런 거라면 확실히 동의할 만하네요."

"호호호! 요즘은 여자들이 더 강하다니까요."

"맞아! 맞아! 언니, 한 잔 받으세요!"

강동원은 넋 나간 얼굴로 이보람을 바라보았다. 그렇게 대놓고 면박을 당했는데도 예뻐 보이는 저 얼굴의 마력이란!

이보람과 여자 신임요원들이 -강동원을 안주 삼아- 떠들썩하게 술잔을 주고받을 때다.

"이야아아아! 이보람!"

…….

어디선가 울분에 찬 남자의 외침이 터져 나왔다.

쩌렁쩌렁한 고함에 신임요원들의 테이블이 급속도로 얼어붙었다.

상석이라고 할 수 있는 자리에서 조용히 마시고 있던 훈육관들도 놀란 눈으로 일제히 시선을 돌렸다.

"명석아, 진정해. 릴렉스~ 릴렉스~"

놀란 강유진이 최명석의 팔을 붙잡았다.

아까부터 폭음을 하기에 긴장하고 있었는데, 예고도 없이 폭발할 줄이야!

최명석이 강유진의 팔을 거칠게 뿌리쳤다.

이때가 아니면 안 된다는 비장한 표정이다. 회식이 시작되자마자 찰거머리처럼 달라붙어 있는 강유진 때문에 사고 칠 틈이 없었다. 이보람의 망발은 하늘이 주신 기회였다. 이 기회를 살리지 못한다면, 초장부터 무능한 요원으로 낙인찍힐지도 모른다.

"아뉩니다. 형님! 진짜! 나 안 취했씁뉘다! 진짜루! 진짜루우!"

최명석이 테이블을 '꽝!' 소리가 나도록 두드리며 자리에서 일어섰다.

이보람의 얼굴이 붉으락푸르락 변해갔다. 어느 곳에서건 대부분의 남자들은 자신과 말 한 번 나누기 위해 비굴하리만치 공을 들였다. 그건 국정원의 연수원에 들어와서도 변하지 않았다. 그런데 여신과 다름없는 자신에게 이런 모욕이라니!

"당신 뭐야? 취했으면 들어가 잠이나 자! 당신이 뭔데 내 이름을 함부로 불러!"

하지만 서슬 퍼런 이보람의 분노는 최명석에게 통하지 않았다.

"이야아아! 이보람이! 너 이 옵빠한테 그러는 거 아니다! 어디서 눈을 똥그랗게 뜨고! 확 그냥!"

최명석이 손까지 치켜들었다. 가까이 있었으면 뺨까지 날렸을 기세다.

"야, 야, 명석아, 참아. 그냥 쪼그만 여자애잖아, 안 그래? 네가 참아!"

강유진은 -주사(酒邪)를 부리고 있는 것으로 보이는- 최명석을 달래기 위해 필사적으로 매달렸다. 그러다 보니 그만, 하지 않아도 될 말을 하고 말았다. 이보람을 두고 최명석과 평소 하던 농담을 무심코 입 밖에 내고 만 것이다.

"뭐? 참긴 누가 참아! 그냥 쪼그만 여자애라고? 이봐요! 강유진 씨! 당신도 말조심하세요!"

'허걱!'

이보람의 지적에 강유진은 뒤늦게 자신의 실수를 깨달았다. 하지만 때늦은 후회였다. 이보람이 파랗게 독기 오른 눈으로 최명석과 자신을 노려보고 있었던 것이다.

'형님, 미안합니다!'

최명석은 눈물을 머금고 테이블 위로 뛰어올랐다. 끝장나는 마무리를 해줘야 했기 때문이다.

"야아~ 이보람! 너! 얼굴 좀 된다고 남자들이 떠받들어 주니까! 아무 생각 없지? 네가 뭐 그렇게 대단하다고 지적질이야! 야! 네 얼굴이 개밥그릇이었으면, 여기서 지금처럼 큰소리칠 수 있었을 것 같아? 젓도 아닌 게 어디서 남자를 욕하고 있어!"

"뭐, 뭐라고!"

이보람 요원의 얼굴에서 경련이 일어났다. 지금까지 살아오는 동안, 지금보다 더 심한 욕을 들은 기억은, 결단코 없었다.

최명석 요원의 토네이도급 주사에 강유진마저 굳어버렸다.

테이블 위에 뛰어 올라가서 방방 뛰고 있는 사람은, TV세상 밖에서는 본 적이 없었다.

그러거나 말거나 최명석의 연설은 계속됐다.

이번에는 갑자기 대하역사드라마 속의 주인공 같은 말투가 섞여 나왔다.

“네 이년~ 지금까지 단체로 등산을 다녀본 적이 없으렷따! 원래 산행에서는 선두와 후미가 가장 어려운 자리니라! 능력이 안 되는 사람에게는 그런 자리를 맡기지도 않아! 씨벌! 뭘 알아야 면장도 해먹지! 그저 이쁜 얼굴만 믿고! 떽! 그럼 안 돼! 옵빠들한테 잘해! 알았지이~”

말을 하던 최명석이 허리를 꺾더니 꺽꺽댔다. 곧이어 누가 어떻게 해볼 틈도 없이 테이블 위로 한 무더기의 토사물이 쏟아져 내렸다.

꾸에엑!

“으악!”

“뭐, 뭐냐!”

신임요원들이 마치 발빠른 바퀴벌레처럼 사방으로 흩어졌다.

그것으로 회식은 끝이 났다.

그날 이후로 최명석의 별명은 ‘미친 존재감’에서 그냥 ‘미친놈’으로 바뀌었다.

*　　*　　*

추적추적 봄비가 내리던 금요일 오후, 신임요원들 가운데 두 사람이 퇴소를 했다.

처음 예정대로 석 달간의 훈련을 마친 강유진과, 통제 불가능한 주사로 현장요원 부적합 판정을 받게 된 최명석이다. 최명석의 경우 첫 회식에서의 활약도 용기에서 광란으로 정정되었고, 계속된 주사로 중도 탈락한 최초의 요원으로 기록되었다.

두 사람은 데리러 온 신지섭 요원의 차를 얻어 타고 서울로 향했다.

신지섭이 룸미러로 뒤쪽에 앉아 있는 두 얼간이를 힐끔 바라보았다. 그들이 연수원에서 어떤 평가를 받았는지 알고 있는 터라, 절로 동정심이 우러났다.

"두 분 모두 고생 많았습니다. 수습 시절에는 원래 웃지 못할 사연들이 많은 법이지요. 지금은 좀 그래도, 시간이 지나면 모두 그리운 추억이 될 겁니다."

최명석이 후련하다는 표정으로 말을 받았다.

"인생 뭐 다 복불복(福不福)이겠죠. 지난 일에 미련 없습니다. 괜히 저 때문에 형님까지 욕을 먹게 돼서, 그게 좀 마음에 걸리네요."

최명석은 진짜 강유진에게 미안했다. 꼴통 짓 하는 자신에게 도움을 주기 위해 애쓰다가, 괜히 욕만 잔뜩 먹었기 때문이다.

"괜찮아. 욕 한두 번 먹나. 나는 여자들에 대해서는 마음 비웠어."

괜찮다고 말했지만 강유진의 표정은 우울해 보였다. 깔끔하게 연수원을 떠나고 싶었는데, 최명석의 주사에 휘말려 쫓겨나듯 퇴소를 한 탓이다.

"형님, 언제고 은혜 갚는 까치가 되겠습니다."

"그 말 기억해두마."

강유진이 억지로 웃어 보였다. 은혜는 둘째 치고 따라다니며 주사나 부리지 않았으면 하는 바람이었다.

"귀가(歸家) 조치되었다고 다 끝난 건 아닙니다. 보통 다시 불려가는 경우에는 내근직 요원으로 채용하는 경우가 대부분이거든요."

"아, 네."

신지섭이라고 자신을 밝힌 운전기사의 말에 최명석이 건성으로 대답했다.

맥 빠진 대답에 신지섭은 쓴웃음을 지었다.

'술이 원수지. 스팩도 괜찮고 연수원 성적도 상위 그룹이었다던데. 쯧!'

그 뒤로 서울에 도착할 때까지 세 사람은 아무런 말도 하지 않았다. 표면상 분위기가 심각하게 가라앉아 있어서, 누구라도 선뜻 말을 꺼내기 어려운 상황이었던 것이다.

*　　*　　*

늦은 밤, 박창섭 의원은 모처로 전화를 걸었다.
"요조라(よぞら: 밤하늘)입니다."
"나 박이오."
"그렇지 않아도 연락을 기다리고 있었습니다. 그자가 사라졌더군요."
"사소한 일이 생겼소."
눈썹에 피어싱을 한 남자, 요조라가 인상을 찡그렸다. 여기서 더 꼬였다가는 수습하기 어려워진다는 생각이 들어서다.
"무슨 일입니까?"
"보좌관 하나가 알게 된 것 같소."
"박 의원님이 처리할 수 없는 사람입니까?"
"그런 건 아니오만."
"……."
잠시 생각하던 요조라가 무덤덤한 음성으로 말했다.
"확실히 해주시길. 아키모토(秋本) 회장의 부탁 속에 보좌관의 이야기는 없었습니다만."
"이번 일은 오히려 당신들에게 도움이 될 것이오."

"보좌관의 문제가 도움이 된다고요?"

"그렇소. 사실 지금은 내가 너무 주목을 받는 터라 그자에 대한 정보를 빼기가 어렵게 됐소. 하지만 보좌관이 열심히 그의 뒤를 쫓고 있으니, 보좌관을 따라가면 자연히 그를 만나게 될 것이오."

"아하! 일석이조(一石二鳥)?"

"그렇소."

"오호, 이참에 보좌관과 그자를 한 세트로 처리해 달라는 것입니까?"

"……정확하오."

"받아들이지요. 보좌관에 관한 정보를 보내주시면, 함께 처리해 드리겠습니다. 더 이상 일이 복잡해지지 않도록 잘 부탁드립니다."

상대의 정중한 부탁이지만 박창섭 의원의 얼굴이 확 달아올랐다. 왠지 상대에게 '보좌관을 해치워 달라'고 애걸을 한 것처럼 보였다는 생각에서다.

"호텔로 보내 드리리다."

"알겠습니다. 그럼 이만."

요조라가 먼저 전화를 끊었다. 자신이 우위에 있다는 것을 상대에게 가르쳐주기 위함이다.

창가로 걸어가던 요조라가 실망스럽다는 듯 중얼거렸다.

"일주일이면 끝낼 줄 알았는데…… 의외로군."

아키모토가 보낸 킬러들의 수준이 낮은 것일까?

하지만 이내 고개를 흔들었다. 아키모토나 박 의원의 일은 아무래도 상관없었다.

"내가 책임 져야 할 일은 따로 있으니까……."

어떻게 보면 지금의 속도가 적당했다. 킬러들이 너무 빨리 일을 끝냈다면, 지금처럼 유흥을 빙자해 돌아다닐 틈조차 없었을 것이다.

도시의 야경(夜景)이 한눈에 들어왔다.

창가에서 불야성 같은 밤거리를 내려다보고 있자니 기분이 묘했다.

한국과 일본의 밤거리는 얼핏 보아서는 구별이 가지 않을 정도로 비슷했다. 미워하면서도 묘하게 서로를 닮아가고 있는 두 나라다. 한국인들은 인정하고 싶지 않겠지만, 퇴폐적인 유흥문화라고 하는 부분에서는 이미 내선일체(內鮮一體)를 이룬 지 오래다.

자신의 진짜 목적은 관광이나 야쿠자들의 안내인 따위가 아닌, 한국에 진출했을지도 모르는 다른 크라노시안과의 접촉이었다. 비록 그레이 사도는 자신에게 실패를 안겨준 남자가 크라노시안이 아니라고 했지만, 의장은 확실한 것을 원했다.

"그레이, 어리석은 자. 먹어봐야 맛을 아나……."

보통의 인간에게 사도가 당했다는 건 말이 되지 않는다. 보나마나 중국이나 한국에 출현한 크라노시안일 것이다.

"쯧! 게이의 몸에 안착했을 때 알아봤어야 했는데."

그레이 사도의 얼굴을 떠올리자 불쾌해졌다.

"그나저나 정말 크라노시안이라면, 대체 어느 왕국 어느 학파의 전승인 건가……."

12사도는 멸망의 시대를 최종 진화의 마법으로 뛰어넘은 루인족들이다. 제국의 모든 마법사들이 모인 마탑에서 고작 십여 명만 성공했다. 다른 왕국의 마법사들 역시 살아남기 위해 가능한 수단을 모두 사용했을 것이다. 하지만 제국에 비할 바는 아니다.

"이쪽은 시간을 초월한 존재가 열둘이나 된다고."

요조라의 얼굴에 득의의 미소가 떠올랐다. 초고대 제국의 마탑에는 루인족의 모든 힘이 집결되어 있었다. 그 힘을 이어받은 게 12사도들이다. 그러니 어쩌다가 변방에서 초월자가 나타난다고 해도 달라질 것은 없다. 12사도와 연합을 선택하지 않으면, 죽음이 내려질 뿐이다.

"그나저나 어디서 그를 찾지?"

요조라의 입에서 한숨이 흘러나왔다.

다 좋은데 그게 문제다. 바닷가의 모래사장에서 바늘을 찾는 격이다. 의장이 기한을 정해주지 않은 것도 그런 이유에서일 것이다.

"뭐, 시간은 많으니까."

요조라가 조금은 허무한 눈으로 창밖을 바라보았다. 정말 시간은 넘치도록 많았다. 주변에 인간이 있는 한, 크라노시안은 죽지 않는다.

그런데, 산다는 건 대체 뭐지?

*　　*　　*

드디어 국정원에도 '카운슬링과'라는 것이 생겼다. 카운슬링과의 주요 업무는 상담과 교섭이다. 알고 보면 지원과의 업무를 체계적으로 분할하다가 필요에 의해서 만들어진 것이 카운슬링과였다. 미국 연수를 다녀온 여당의 모 인사가 '한국에도 전문적인 범죄 교섭인이 있어야 하는 것 아니냐?' 고 물은 게 그 기원이라는 설도 있었다.

하지만 국정원 내부에서 카운슬링과는 '리싸이클(Recycle)' 즉, 재활용과로 불렸다. 출범하자마자 그런 오명을 얻게 된 데는 창고로 쓰던 건물을 개보수해서 사용하는 것도 원인이지만, 그보다는 카운슬링과의 구성원 때문이었다.

카운슬링과의 과장은 박영찬인데, 계속된 작전 실패로 좌천되었다는 게 중론이다.

거기까지 미심쩍어 하던 사람들도 팀장의 이름을 들으면 다들 고개를 끄덕였다. 그는 오래전에 아프리카로 전출 갔던 저주전설의 주연 김동식이었다.

일반직원들의 면면을 봐도 리싸이클과의 진면목을 피부로 느끼게 된다.

최근 업무지침 위반으로 중징계를 먹은 박세기, 역시 보안지침 위반으로 중징계와 보안등급 자체가 떨어진 김진혁, 그리고 현장요원 중 업무평가 최하점의 대기록을 달성한 박미나와 유희열도 있다. 화룡점정은 신임요원 훈련 중에 극심한 주사로 현장요원 부적격 판정을 받은 최명석이었다

그런 이유로 지원과의 사람들은 -단지 부전공으로 상담학을 공부했다는 이유만으로- 보직 이동당한 김미연 박사를 위해 위로회까지 열어주었을 정도였다.

"카운슬링과의 책임자인 박영찬 과장입니다. 카운슬링과에 오신 것을 진심으로 환영합니다. 우리 카운슬링과의 모토는 'you go, we go' 입니다."

"……."

지나치게 간단한 박영찬 과장의 인사말에 직원들 모두가 어색한 얼굴로 서로를 바라보았다.

소방관을 주제로 만든 영화에서, 그것도 소방관들이 장렬하게 산화하기 전에 간지럽게 나눌 말을 왜 카운슬링과에서?

다른 직원들도 그랬지만, 특별히 최명석은 '속았다!' 는 표정을

숨기지 않았다.

사무실은 특무분과와 거리가 멀어 보였다.

청사 한편의 창고를 개조했다고 하더니 사방 벽에는 아무런 장식도 없고, 그 흔한 안내판 하나 걸려 있지 않았다. 전체적으로 사무실은 썰렁함과 황량함이 전부였다. 그나마 개인 책상마다 컴퓨터가 놓여 있지 않았다면, 그냥 독서실이라고 해도 믿을 정도다.

'씨! 망했다. 부적격 판정이 났을 때 끝난 거였다! 그런데 왜 사고를 치라고 한 거야! 확인 사살이야? 아님, 남의 인생으로 장난친 거야?'

더 이상 과장이 하는 말이 하나도 귀에 들어오지 않았다.

신경질적으로 책상을 더듬던 최명석은 갑자기 울컥하고 화가 치솟았다.

그 간단한 책상 서랍조차 열리지 않았던 것이다.

사람들뿐 아니라 사무기재까지 불량품만 모아 놓은 것일까?

'이런 썅! 그냥 사법고시나 준비할까?'

덜컥. 덜컥.

최명석이 열리지도 않는 서랍을 흔들며 고민하고 있을 때다.

박영찬 과장이 최명석을 가리키며 말했다.

"저기 호기심으로 충만한 젊은 요원이 있군요. 여러분 모두, 팀장으로부터 기본적인 사무기기 조작에 대한 안내를 받아야 가능할 겁니다. 김동식 요원, 부탁합니다.”

“알겠습니다.”

김동식 팀장이 자신의 책상으로 걸어가며 말했다.

“여러분의 선배이자 팀장인 김동식이다. 프로답게 설명은 한 번에 끝내도록 하자. 집중해서 들어라. 여러분의 책상 서랍과 컴퓨터의 파워 스위치에는 지문인식 장치가 내장되어 있다. 책상의 경우, 오른쪽 하단부에 검지손가락의 지문을 등록해야 자기 책상을 사용 할 수 있을 것이다. 처음 사용자 등록은 간단하다. 이렇게 오른손 검지를 대고 십 초간 기다려라. 그럼 사용자로 등록이 된다. 컴퓨터의 파워 스위치도 동일한 요령으로 하면 된다. 십 초간 기다리는 거다.”

곧이어 김동식의 책상에서 ‘띠’ 하고 작은 알람이 흘러나왔다.

“모두 지금 즉시 자신의 책상에 사용자 등록을 하고, 중앙의 첫 번째 서랍을 열어라.”

최명석은 별생각 없이 검지손가락을 댔다.

곧이어 ‘띠’ 하는 알람이 들려왔다.

서랍 손잡이를 잡자 소리 없이 열렸다.

황당하게 서랍에는 아이패드 하나가 달랑 들어 있었다.

‘카운슬링 잘하라고 이런 걸 다 지급해주네.’

최명석은 무심코 아이패드를 집어들었다.

“아이패드는 여러분의 신분을 위장하기 위해 지급된 눈가림에 불과하다. 일단 카운슬링과에 관계된 일은 모두 아이패드를 이용해서 처리해라."

"……."

직원들의 눈이 일제히 김동식에게로 향했다.

위장이라니? 국정원 내부에서조차 위장을 해야 할 정도의 비밀 조직이 있다고? 직원들의 눈은 그렇게 묻고 있었다.

"참고로 여러분의 책상 서랍은 최초 등록자의 검지손가락 지문이 손잡이 안쪽에 닿지 않으면 열리지 않는다. 강제로 열 수도 없지만, 만약 제3자가 강제로 서랍을 열면 내장된 약품에 의해 자동 발화하도록 설계되어 있다. 그러니 절대 다른 요원의 서랍을 탐내지 마라."

"……."

"우리가 신분을 위장하고 보안에 신경 써야 하는 이유는, 이제부터 과장님께서 알려주실 것이다."

설명을 마친 김동식 팀장이 박영찬 과장에게 목례를 해 보였다.

간단한 눈인사로 화답한 박영찬 과장이 사무실의 한쪽 벽으로 다가갔다.

그리고 박영찬 과장의 손이 벽을 부드럽게 만졌다.

스르륵.

순간 직원들의 눈이 휘둥그렇게 떠졌다.

하얀 벽이 갈라지며 대형 스크린이 나타났기 때문이다.

"그렇게 놀랄 것 없습니다. 비록 이 벽 전체가 대한민국에 하나밖에 없는 최첨단 지능형 슈퍼 스마트 보드(Intelligent Super Smart Board)라지만, 앞으로 여러분이 해야 할 일에 비하면 아무것도 아니니까요."

말과 함께 박영찬 과장이 스크린을 살짝 건드렸다.

스크린이 분할되며 수많은 영상이 떠올랐다.

잠시 후, 영상의 중앙에 KEF라는 이니셜이 선명하게 나타났다.

"정식으로 다시 소개하지요. 나는 국정원의 제5차장 박영찬입니다. 신설된 대통령 직속의 특무부서 Korea Extreme Force, 즉 KEF의 책임자이기도 합니다. 그리고 여러분은 KEF의 일원으로 대한민국의 안보를 최종적으로 책임져야 하는 막중한 사명을 갖게 되었습니다."

…….

직원들이 놀란 눈으로 서로를 바라보았다.

물론 국정원에 지원할 때 최종 목표는 특수요원이 되는 것이었다. 하지만 누구도 이렇듯 갑작스럽게 그 날을 맞이할 줄은 몰랐던 것이다.

최명석의 얼굴이 흥분으로 벌겋게 달아올랐다.

진짜 특무부서다!

저 스마트 보드는 미드(미국 드라마)에서나 볼 수 있었던 최첨단 기기다. 아니, 미드에서도 저 정도 크기의 보드는 나온 적이 없다. 한쪽 벽면이 모두 스마트 보드라니!

감동의 도가니에 빠져 있는 직원들을 보고 있던 박영찬 과장이 입을 열었다.

"지금부터 KEF요원의 탄생 배경과 권한, 그리고 의무에 대해서 잘 숙지해두시기 바랍니다."

스마트 보드 위로 탄생배경과 요원의 권한, 의무라는 항목이 떠올랐다.

시간이 지날수록 요원들의 얼굴은 경악으로 물들어 갔다.

크라노스라는 괴조직에서 시작된 충격은 살인면허에 이르러 그 절정에 도달했다.

하지만 대통령보다 더한 면책특권이 주어졌음에도 요원들의 표정은 그다지 밝지 않았다.

그만한 권한이 주어졌다는 것은, 한편으로 살인할 일이 비일비재(非一非再)할 것이라는 것을 의미하기 때문이다.

"……그러므로 국정원에서는 KEF의 존재를 인정하지 않을 것입니다. 과거에도 그랬고, 현재는 물론 미래에도 KEF라는 조직은 국정원에 없습니다. 여러분이 이중의 신분을 유지해야 하는 것은 그런 이유 때문입니다. 여러분의 대내외적인 신분은 지원과 산하의 카운슬링과 직원입니다. 대내외적으로는 그렇게 살고, 그렇게 죽게 될 것입니다."

"아!"

최명석의 입에서 탄성이 흘러나왔다.

저 무시무시한 조직의 일원임을 평생 비밀로 해야 한다는 사실에 아쉬움과 함께 뭔지 모를 허전함이 밀려든 것이다.

넋을 잃고 있는 최명석의 귓가로 박영찬 과장의 음성이 들려왔다.

"우리의 궁극적인 임무는 '어떤 한 사람'을 지원하는 것입니다. 다시 말하지만 우리의 모토는 'you go, we go'입니다. 그것은 결코 수사학적인 미사여구나 입에 발린 구호가 아닙니다. 실제가 그렇다는 것을 명심해 두십시오."

순간 최명석만큼이나 흥분한 박세기 요원이 손을 번쩍 치켜들었다.

"과장님, 우리가 지원해야 하는 '그 한 사람'은 누구입니까?"

박세기 요원은 내심 '그 한 사람'이 자신일 거라고 생각하고 있었다. 자신은 자타가 공인하는 S급 요원이다. 비록 최근에 중징계를 먹긴 했지만, 이곳에서 '그 한 사람'의 자격에 가장 근접한 요원은 자신 밖에 없었다.

"내일이면 알게 될 겁니다. 내일부터 현장에 투입될 예정이니까요."

"아!"

박세기 요원은 알았다는 듯 고개를 끄덕였다.

“참고로 카운슬링과의 모든 컴퓨터는 마더컴(Mother Com)을 기반으로 독립적으로 운영되고 있습니다. 보안은 세계 최고 수준이지만, 그래도 사람이 조심하는 것만 못하겠죠? 사무실 안으로는 허가된 것 이외에 어떤 것도 반입할 수 없으며, 휴지조각 하나라도 가지고 나갈 수 없습니다. 평범해 보이는 저 출입문 하나에 700종의 첨단센서가 부착되어 있음을 기억해 주십시오.”

그렇게 박영찬 과장의 마무리 발언이 끝났다.

잠시 자리를 지키고 있던 박영찬 과장은 외근이라며 사무실을 떠났고, 기다렸다는 듯 실무 책임자인 김동식 팀장이 요원들의 임무를 배정하기 시작했다.

“어이! ‘어떤 한 사람’, 축하한다.”

김진혁 요원이 박세기 요원의 곁으로 다가가 손을 내밀었다.

카운슬링과 요원들의 신상 내력에 대해 꿰뚫고 있는 김진혁이 보기에 과장이 말한 어떤 한 사람은 –의심할 여지 없이– 박세기였다. 확실히 과거의 박세기는 카운슬링과에 어울리지 않는 특급의 현장 요원이었다. 그런 박세기 이외에 누가 ‘그 한 사람’이 될 수 있단 말인가!

“고맙긴 하지만, 뭐, 아직은 모르는 일이니까.”

박세기가 멋쩍은 얼굴로 친구의 손을 맞잡았다.

“근데 솔직히 우리나라에서 그런 면허를 허가해 줄 줄은 몰랐다. 아직도 얼떨떨하다.”

김진혁의 말에 박세기가 고개를 끄덕였다.

“나도 이상하긴 하다. 한 시간 후에 작전 브리핑이 있다니까, 그때 좀 더 구체적으로 알게 되지 않겠냐?”

“그렇겠지? 살인면허라…… 휴! 무섭다, 무서워.”

“뭐가? 생각해보면 그렇게 놀랄 만한 일은 아니지. 어차피 경찰도 발포의 권한은 가지고 있잖아.”

“우리나라 경찰이 가지고 있는 총은 코스튬이지 실전용은 아니잖아. 실제로 총 한 방 쏘기라도 하면 사유서를 몇 장이나 적어내야 하는지 아냐? 그런데 우리는 사람을 죽여도 법적으로 책임을 묻지 않는다잖냐. 겁난다야. 이런 조직에 꼭 따라다니는 게 있는데, 그게 뭔지 아냐?”

“뭔데?”

“……배신자는 반드시 죽는다는 거지.”

“…….”

한순간 개인 비품을 정리하고 있던 다른 요원들의 움직임까지 멈칫했다.

박세기의 목울대로 마른침이 ‘꿀꺽’ 넘어갔다. 확실히 살인면허에는 그런 깊은 뜻이 따라다니고 있을지도 모른다.

“우리가 진짜 무서운 조직에 왔구나.”

"진짜 음지에서 일하고 양지를 추구하게 된 거지."

조용히 책상을 정리하고 있던 신임요원 최명석은 선배들의 말에 소름이 돋았다.

그러고 보니 처음 만나던 날 박영찬 과장은 몇 번이고 '최명석 요원은 국가를 위해 죽을 준비가 되어 있습니까?' 라고 물었다. 그리고 얼마 뒤 '퇴출된 요원으로부터 국가기밀을 지키기 위해 극단적인 선택을 하게 될지도 모릅니다. 나의 거듭된 질문은 바로 그것을 위한 것이었으며, 요원은 그것에 동의를 한 것입니다' 라고 했다.

'죽고 죽이는 세계에 발을 들여놨구나…….'

굳어 있는 최명석의 어깨를 누군가 '툭' 건드렸다.

깜짝 놀라 돌아보니 박미나 선배가 웃고 서 있었다.

"네?"

"아니, 다 큰 남자가 뭘 그렇게 놀래?"

"선배님, 우리가 하는 일이 그 정도로 큰 비밀일까요?"

"응? 무슨 정도? 목숨을 걸 정도를 말하는 거야?"

"네……."

"글쎄, 생각해봐. 택시강도들은 고작 이삼만 원 훔치면서 자기 얼굴 봤다고 운전기사를 죽이기도 하잖아? 몇백만 원의 빚 독촉에 자살하는 사람이 있는가 하면, 수백억의 빚을 지고도 떵떵거리며 잘사는 기업가들도 있고. 선배들이 하는 말을 너무 심각하게 받아들일 필요는 없어. 평범한 일상에서도 판단하는 사람의 가치관에 따라서 목숨의 무게는 왔다 갔다 하는 거니까."

"모두가 마음에 달렸다는 건가요?"

"음, 일단 우리가 사나운 호랑이 등에 올라탄 것만은 분명하지. 아마 도중에 떨어지면 잡아먹힐걸?"

"……."

최명석은 박미나의 말에 절대 공감했다.

"그건 그렇고 오늘 우리 과 회식이라는데, 그렇게 주사가 심하다면서?"

"헉! 아닙니다. 그건 과장님이 사고를 치라고 하셔서……."

"미리 말해두는데, 나 주사 부리는 인간 보면 그냥 못 넘어간다. 귀한 술 처먹고 주사 부리는 것들은 죄다 맞아야 해."

박미나가 작은 주먹을 불끈 쥐어 보였다.

"절대 아닙니다. 저도 주사라면 치를 떠는 사람입니다."

"흥, 두고 보면 알겠지."

박미나가 최명석의 곁을 스치고 지나갔다.

사람 기분을 좋게 만드는 향기가 코끝으로 밀려들었다.

찰나라고 해도 좋을 정도로 아주 잠깐 동안 최명석이 그 향기를 음미하고 있을 때다.

"어이, 신입. 충고하는데 회식 때는 박 선배를 피하는 게 좋아."

"네?"

이번에는 유희열이라는 선배였다.

"여자에 대한 환상을 깨고 싶지 않다면, 박 선배랑 술 마시지 마."

"에?"

"박 선배도 너처럼 주사파(酒邪派)거든."

"……."

최명석의 얼굴이 일그러졌다.

너처럼 이라니?

아무래도 주사를 부리는 사람으로 단단히 찍힌 모양이다. 이래서는 '죽어서도 정체가 밝혀지지 않는 특무분과로 오기 위해서 치른 대가가 너무 크다'는 생각이 든다. 지금까지 폼생폼사로 살아 왔는데, 주사꾼이라는 이미지만 남게 되었으니 말이다.

# 제5화

# 혁신전략사업부

*정말 미치겠어! 미치겠어! 너 때문에!*

5월 2일 오전 9시 정각, 전화벨이 울렸다.

강유진은 자리에서 부스스 일어나 휴대폰을 열었다.

받자마자 꺼진 걸 보니 제5과에서 모닝콜을 한 모양이다.

강유진은 느긋하게 일어나 세수를 하고, 아침 식사까지 마쳤다.

그리고 기억을 되살려 출근 준비를 했다.

어차피 인사과에는 오전 중으로 나가기로 했으니, 서두를 이유는 없었다.

강유진은 감개무량한 표정으로 거울 속의 자신을 바라보았다.

2년 만의 출근인지라 얼굴이 조금 상기돼 보인다.

'넥타이를 잘 맬 수 있을까?'

무려 2년 만에 매는 넥타이다.

처음에는 손놀림이 어색했지만 그런대로 맵시 있게 마무리되었다. 마치 수영을 하거나 자전거를 타는 것처럼 그것도 몸에 배어 버린 모양이다.

넥타이에 큐빅이 박힌 핀을 꽂았다.

문득 타임머신을 타고 과거에 온 느낌이 든다.

이렇게 넥타이를 매고 나면 와이프가 양복을 들고 왔고, 하나뿐인 딸은 다리에 매달렸었다.

실감 나지 않는 과거의 일들이지만…….

무표정하게 거울을 들여다보던 강유진은 새끼손톱 절반 크기의 보형물을 귀에 깊숙이 꽂았다.

기다렸다는 듯 낭랑한 여자의 음성이 들려왔다.

"강 선생님, 조금 늦게 일어나셨네요. 잘 들리십니까?"

"네."

귓속에 넣은 보형물은 고막의 진동을 이용해 양방향 통신이 가능하도록 만든 첨단 장치다. 덕분에 강유진은 제5과와 편안한 대화를 나눌 수 있었다. 아직은 24시간 지속형이라 하루에 한 차례씩 갈아 끼워야 하는 불편함이 뒤따르고 있지만 말이다.

"넥타이 핀의 위치를 조금만 더 높게 잡아주세요."

큐빅은 초소형 카메라의 위장이다.

그걸 알고 있는 강유진은 넥타이 핀을 조금 높게 고정했다.

큐빅의 카메라가 거울을 비추자, 강유진의 왠지 우울해 보이는 얼굴이 제5과로 고스란히 전해졌다.

'세상 좁네.'

박미나가 똥 씹은 얼굴로 모니터를 들여다보았다.

제5과가 지원하는 사람이 강유진이라는 것을 처음 알게 된 새벽 6시보다, 지금의 기분이 100배쯤 더 나빴다. 귀로 듣는 것과 눈으로 보는 것의 차이일까?

'그런데 저 사람, 왜 뽑힌 거야?'

대성그룹의 문제라서 이번에 특별히 선발된 걸까? 아니면 앞으로 계속 함께 일할 사람일까?

박미나가 마이크 아이콘에 붙은 'mute' 버튼을 클릭하고, 물었다.

"팀장님, 저 컨설턴트하고는 언제까지 같이 일하는 거죠?"

"그건 왜 묻나?"

"그냥……."

"함께 일하다 보면 알게 될 거야."

"근데, 저 사람은 컨설턴트라면서 왜 실전 테스트를 받죠?"

"그것도 알게 된다."

"쳇!"

박미나가 샐쭉한 표정으로 'mute' 버튼을 풀었다.

자기 자리에서 첨단 기기들의 매뉴얼을 읽던 최명석이 조심스럽게 손을 들어 올렸다.

"저, 팀장님, 우리는 현장에 나가지 않습니까?"

"나가게 될 거다."

"아, 네."

팀장의 간단한 대답에 최명석이 머리를 벅벅 긁었다.

정작 컨설턴트라는 강유진은 현장에 투입되었는데, 박세기 요원을 제외하고는 전부가 사무실에서 대기 중이다. 그게 납득이 안 가서 좀 더 구체적으로 물어보려고 했지만, 잘 벼린 칼처럼 날이 서 있는 팀장의 눈과 마주치니 차마 입술이 떨어지지 않았다.

*　　*　　*

제5과 요원들 중에 가장 머리가 복잡한 사람을 고르라면 아마도 박세기 요원일 것이다.

그는 새벽 5시에 일어나 산업스파이 전담팀에 합류했다. 박세기와 만난 산업스파이 전담팀의 팀장이 처음으로 한 말은 '카운슬링과가 나설 일은 없으니 쉬다가 가세요' 였다.

박세기 요원은 그 말에 토를 달 수가 없었다. 자신의 눈에도 그렇게 보였기 때문이다.

그 뒤로 박세기 요원은 말 그대로 견학생처럼 산업스파이 전담팀이 일하는 것을 지켜보고 있어야만 했다.

한 손에 아이패드를 꼭 쥐고 산업스파이 전담팀을 졸졸 따라다니는 박세기 요원은 아직 희망을 버리지 않았다. 그나마 위안이라면 제5과의 다른 요원들이 전부 사무실을 지키고 있는 시간에 자신은 외근 중이라는 사실이다.

'지금쯤 강유진은 대성그룹에 들어갔겠군. 제길, 나도 대성그룹에 입사했던 전력이 있었으면 좋았을 텐데…… 이게 뭐냐.'

아침잠을 설친 박세기 요원은 한쪽 구석에서 병든 닭처럼 꾸벅꾸벅 졸기 시작했다. 맡겨진 임무가 없으니 긴장이 풀려버린 것이다. 비몽사몽(非夢似夢)의 와중에도 그는 강유진과 자신의 처지가 바뀐 사실에 괴로워하고 있었다.

산업스파이 전담팀의 조인섭 요원이 팀장 홍수범의 귓가에 속삭였다.

"팀장님, 카운슬링과의 저 요원 말입니다. 진짜 훈육관 출신이 맞습니까?"

"응? 왜?"

"저 뒷자리에서 졸고 있는 모습을 보니까 영 믿어지지가 않아서요. 훈육관은 특급 요원들이 뽑히지 않습니까?"

"맞아, 그는 특급 요원이었어."

홍수범 팀장은 과거형으로 말했다.

"그런가요?"

"보면 알 수 있잖아. 왜 카운슬링과로 전출 갔는지."

"아……."

조인섭 요원이 씁쓰름한 표정으로 고개를 끄덕였다.

맞다. 현장에 파견 나와서 졸고 있는 모습을 보면, 확실히 알 수가 있다.

"근데 산업스파이 잡는 데 왜 카운슬링이 필요한 겁니까?"

"저 사람 깨면 직접 물어봐. 우리가 알아서 다 컨트롤할 수 있는데 왜 왔는지……."

홍수범 팀장의 마지막 말에는 가시가 돋쳐 있었다.

그 바람에 9인승 밴의 끝 열에서 졸고 있던 박세기 요원은 선잠에서 깼다. 하지만 질끈 감은 눈을 바로 뜨지는 않았다. 나름 생각에 잠긴 척을 하고 있는 것이다.

룸밀러로 뒤를 보고 있던 홍수범 팀장이 혼잣말처럼 중얼거렸다.

"국정원 많이 좋아졌다……."

* * *

대성그룹의 혁신전략사업부 사무실은 넓다. 세밀하게 공간을 분할한 파티션 때문이 아니더라도, 한눈에 들어오지 않을 정도의 크기다.

점심 직전, 크고 복잡한 혁신전략사업부의 입구 쪽으로 한 남자가 들어오며 인사를 했다.

"안녕하십니까? 강유진입니다. 혁신전략사업부로 복직됐습니다. 잘 부탁드립니다."

"……."

입구 근처에 앉은 직원들은 정중한 인사에도 별반 반응을 보이지 않았다. 그건 약과다. 심지어 다른 직원들은 누가 와서 무슨 소리를 하는지도 모르는 분위기였다.

그러거나 말거나 간단히 인사를 마친 강유진은 부장의 명패가 있는 책상으로 걸음을 옮겼다.

열심히 LCD모니터를 들여다보고 있던 오십 대 초반의 남자가 힐끗 고개를 들어 올렸다.

"누구?"

남자가 책상의 주인이 맞는다면 백인호 부장이다.

강유진이 백인호 부장에게 인사 서류를 내밀며 깍듯이 인사를 했다.

"강유진입니다."

"아! 새로 온다던 강 차장?"

백인호 부장이 서류를 받아들며 아는 체를 했다.

"예. 잘 부탁드립니다, 부장님."

“부탁은 무슨. 다 자기 능력만큼 대접받는 거지. 그런데 총무과에 있다가 휴직하고, 이번에 다시 복직된 거라지?”

“예.”

“백이 좋은가 봐? 나도 좀 잘 봐줘.”

“하하, 딱히 백이라고 할 만한 건 없습니다.”

“에이, 선수들끼리 왜 그래? 혁신전략사업부에 올 정도면 다들 배경이 짱짱하던데.”

“…….”

강유진은 웃기만 할 뿐 더 이상 말하지 않았다. 백인호 부장의 말속에 뼈가 느껴졌지만, 자신이 관여할 바는 아니었다.

건성으로 서류를 읽던 백인호 부장이 한 남자에게 손짓을 보냈다.

“어이! 문 대리, 강 차장 자리 안내해줘.”

문 대리라고 불린 이십 대 후반의 남자가 재빨리 강유진의 곁으로 다가갔다.

“강 차장님, 이쪽으로 오세요.”

강유진은 백인호 부장에게 목례를 해 보인 후 문 대리의 뒤를 따라갔다.

“그렇지 않아도 일주일 전에 인사과에서 연락이 왔었는데…… 부장님이 확실하지 않다고 하셔서 아직 명패를 만들지 못했습니다.”

“괜찮습니다.”

“강 차장님께서 휴직 기간 동안 SDI작업장 혁신연구보고서를 기안하셨다면서요?"

"네."

"와아! 대단합니다. 행정부서에 계시면 실무 쪽은 어둡기 마련인데……."

"먹고살려면 뭐라도 해봐야죠."

"하하! 존경합니다!"

강유진의 꾸밈없는 말에 문정식이 유쾌하게 웃었다.

잠시 후 문정식 대리가 빈 책상 앞에 멈춰 섰다.

"여깁니다. 부장님께서 SDI작업장 혁신연구팀의 인선은 강 차장님이 직접 하라고 하셨습니다. 혁신전략사업부 안에는 독립된 여러 개의 팀이 모여 있습니다. 어지간해서는 서로 터치하지 않고 지내죠. 참고로 저는 SDI 판매전략팀에 있습니다."

"몇 명까지 가능한가요?"

문정식 대리가 슬쩍 상체를 기울이며 속삭이듯 말했다.

"인사과에서는 두 명까지 뽑아 쓸 수 있다고 했는데요, 실제로 우리 부서에서 움직일 수 있는 사람은 한 명뿐입니다. 지금 SDI 판매전략 쪽이 워낙 다급해서 그쪽으로 좀 몰려 있거든요. 부장님이 저기압인 것도 그런 이유에서죠. 인원은 보강해주지 않고 있는 사람들 나눠서 쓰라는 식이니까."

"음, 저는 한 사람이면 충분합니다. 누가 가능할까요?"

"저기 창가 쪽에 있는 안경 쓴 남자 보이시죠? 그 사람이 김동인 씨입니다. 마침 AMLCD(Active Matrix Liquid Crystal Display: 액정디스플레이) 전략사업부의 마케팅팀이 사라져서 현재는 지원 업무를 맡고 있는 중입니다. 부장님도 김동인 씨라면 두말없이 오케이 하실 겁니다."

"알겠습니다. 감사합니다. 모르는 것이 있으면 종종 물어봐도 되겠죠?"

"네. 얼마든지 환영입니다, 차장님."

문정식이 몇 개의 파티션을 지나 사라져 갔다.

강유진은 문정식이 한 말을 곰곰 되새기며 핵심전략사업부의 분위기를 살폈다.

총무과에 있을 때는 보이지 않던 치열함이 느껴진다. 이 많은 사람들 가운데 일부는 팀과 함께 낙오되고, 또 일부는 더 큰 세상으로 전진할 것이다. 몰락과 성공은 전적으로 변해가는 미래 상황을 얼마나 잘 예측하느냐에 달려 있다. 이곳에 있는 사람들의 예측에 따라 개인과 그룹의 흥망성쇠가 결정 난다고 생각하니 기분이 묘했다.

강유진이 책상에 놓인 핵심전략사업부의 현황자료집을 읽고 있을 때다.

귓속으로 제5과의 무선이 들어왔다.

"조금 전의 문정식 대리가 산업스파이 용의자입니다. 산업스파이 전담팀의 체포조가 24시간 감시하고 있으니까, 그냥 모른 척 지켜보라는 팀장님의 전언입니다.”

“…….”

“참고로 알아두시랍니다. 산업스파이는 평소에 사진장비를 많이 사용하고, 다른 직원의 업무에 대한 질문이 많고, 다른 부서 사무실의 출입이 빈번하며, 기술 습득보다는 고위 관리직과의 친교에 힘을 쏟는답니다. 지금은 마지막 경우에 해당이 되겠습니다.”

…….

강유진은 잠시 멍해지고 말았다.

부패의 대명사처럼 보이는 찜찜한 백 부장이 아니라 친절한 문정식 대리가 산업스파이였다니? 갑자기 머릿속이 헝클어지는 느낌이다.

‘이런 건 모르고 사는 게 낫겠군.’

사람의 친절을 액면 그대로 믿고 살 수 없는 현실이 슬퍼진다.

*　　*　　*

“뭐? 핵심전략사업부?”

신은서가 놀란 눈으로 박철영을 바라보았다.

복도의 커피자판기 앞에서 좌우를 살피던 박철영이 속사포처럼 말을 뱉어냈다.

"쉿! 그렇다니까. 나도 인사과에 있는 동기 녀석에게 듣고 얼마나 놀랐다고. 제일 먼저 신 과장한테 알려주는 거라고. 따끈따끈한 정보야."

"후훗! 정말 강 차장님답네. 완전 홍길동 같으신 분이라니까."

"내가 그쪽으로 가서 강 차장님이랑 약속 잡을까?"

박철영의 말에 신은서가 고개를 저었다.

"아니. 내가 지금 가볼게. 박 대리는 차장님이 나 찾으면 잠깐 손님 만나러 나갔다고 해."

"손님? 누구?"

"집안의 어른이라고 해둬. 박 대리, 그런 거 잘 꾸며대잖아."

"무슨 소리야? 내가 언제 그랬다고……."

"언제? 이거 왜 이러셔. 지난주에 김 대리 월차 낸 날, 둘이 같이 콘서트 가려고 박 대리 외할아버지 돌아가셨다고 했잖아."

"헉! 그게, 외할아버지가…… 진짜 돌아가셨는데……."

"그래, 십 년쯤 전에 돌아가셨겠지. 하여튼 알아서 잘 둘러대. 문자로 나한테 결과 알려주고."

"어? 그래, 나만 믿어."

신은서는 –박철영의 대답과 동시에– 바람처럼 밖으로 뛰어나갔다.

"뭐야? 돌아가신 아버지가 살아와도 저렇게 반가워하지는 않겠다. 진짜 둘이 사귀고 그랬었나? 아닌데…… 거참, 이상하네."

중얼거리던 박철영은 서둘러 총무과로 돌아갔다. 갑자기 신은서 과장이 자리를 비웠으니 업무에 공백이 생기지 않게 뒷수습을 해야 했던 것이다.

박철영 대리는 자리에 앉자마자 메신저에 로그인했다.

박철영〉 은먀!

박철영〉 은먀! 은먀!

잠시 후 조금 늦게 메시지를 확인한 김은미 대리가 회신했다.

김은미〉 왜?

박철영〉 놀라지 마! 왕의 귀환이닷!

김은미〉 무슨 소리야? 근무시간에 몰래 영화라도 다운 받아 본 거야?

박철영〉 아니고! 강 차장님 복직했대!

김은미〉 무슨 헛소리야? 총무과에 그런 공문 날아온 역사가 없는데??

박철영〉 당연하쥐~ 혁신전략사업부에 복직했단다!

김은미〉 정말? 진짜? 누가 그래? 거짓말이면 너 죽어 @.@

박철영〉 인사과에 우리 동기 용팔이 있잖냐. 걔가 점심시간에 가르쳐주더라.

김은미〉 용식 씨가?

박철영〉 엉, 일주일 전에 복직 결정됐는데, 오늘 출근했단다.

김은미〉 오 마이 갓! 〉〈

김은미〉 야! 너 신 과장한테 알려줬어? 시골 가서 죽은 거 같다고 한걱정 하던데.

박철영〉 당근 말밥이지. 바로 달려가더라.

김은미〉 ㅋㅋㅋㅋ 그랬을 꺼야.

박철영〉 진짜 둘이 사귀었나?

김은미〉 누가 사귀어?

박철영〉 강 차장님이랑 신 과장 말야. 너도 전에 그런 비슷한 말 했었잖아?

김은미〉 아니거등요. 난 그런 말한 적 없거등요.

박철영〉 어? 그랬던 것 같은데.

김은미〉 난 그냥 신 과장이 강 차장님 좋아하는 것 같다고 말한 것밖에 없거등요.

박철영〉 강 차장님이 여기로 왔어야 했는데. 제길.

김은미〉 총무과 와봤자 서류 정리랑 잔심부름밖에 더 하니? 차라리 혁신전략사업부가 백배 낫지. 거긴 그룹 실세들만 가는 곳인데.

박철영〉 그런가? 그렇군. 최일환 차장이 대단해 보였는데, 갑자기 불쌍해 보인다.

김은미〉 강 차장님이 여기 와서 얼굴 한 번 내비치고 가면 완전 작살이겠다. 그치?

"박 대리, 신 과장 어디 갔나?"

갑작스러운 최일환 차장의 부름에 박철영이 자리에서 벌떡 일어섰다.

"아! 네! 외할아버지가 돌아가셨다고, 아니, 찾아오셨다고 잠깐 외출했습니다."

"어이, 외할아버지가 돌아가신 거야? 방문하신 거야? 어느 쪽이야?"

"방문입니다."

"그래? 요즘 외할아버지 때문에 자리 비우는 사람이 많네. 김 대리는 외할아버지 잘 계시지?"

김은미 대리가 방긋 웃으며 답했다.

"우리 외할아버지는 저 대학 다닐 때 돌아가셨는데요."

"아, 그래? 미안해. 직원들 족보를 어디다가 적어 놓기라도 해야지 원……."

"호호! 괜찮아요. 그런데 차장님, 소식 들으셨어요?"

김은미 대리의 얼굴에 야릇한 미소가 떠올랐다.

"무슨 소식? 혹시 올해 지구가 멸망할 거라는 얘기 같은 건 아니겠지?"

"그런 건 아니고요. 강 차장님 복직되셨대요."

"……."

순간 최일환 차장의 얼굴이 딱딱하게 굳었다.

지나치게 솔직한 최일환의 표정에 김은미가 오히려 당황했을 정도다.

"그거 인사과에서 나온 소리인가?"

"네."

"그럼 맞겠군."

최일환 차장의 음성이 음울하게 가라앉았다.

"그런데 왜 총무과로 연락이 없지? 혹시 들은 소식 있나?"

최일환 차장의 싸한 표정에 부담을 느낀 김은미가 박철영에게 눈짓 손짓을 보냈다. 이제부터 대신 맡아 달라는 의미다.

박철영이 김은미에게 눈을 부라려 보인 후 자리에서 일어섰다.

"인사과에서 그러는데 혁신전략사업부로 발령 났답니다."

"뭐? 총무과 사람이 왜 그리로 갔대?"

"저도 자세히는 모르고요, 퇴직 후에 무슨 연구기안을 만들었는데, 그게 채택됐답니다."

"그래? 잘됐군."

그 말을 끝으로 최일환 차장은 자리를 떠났다.

박철영〉 너 왜 그랬냐 ㅠㅜ

김은미〉 아니, 그냥, 약 좀 오르라고 그랬는데…….

박철영〉 약 복용할 기세더라.

김은미〉 아, 몰라. 내가 거짓말한 거도 아니고.

박철영〉 무섭다. 이래서 모든 범죄의 뒤에는 돈과 여자가 있다고 하는 거구나.

김은미〉 뭐? 범죄? 우리 헤어져.

박철영〉 허걱! 미안! 농담이야! 젭알!

김은미〉 꺼져 줄게 잘 살아~

박철영〉 은미야~~~

대화 상대가 로그아웃 하셨습니다. 대화내용을 보낸 메시지 함에 저장하시겠습니까? (Yes/No)

*　　*　　*

혁신전략사업부로 달려간 신은서는 어렵지 않게 강유진을 찾아냈다.

하지만 선뜻 다가갈 수가 없었다. 신은서가 기억하고 있는 강유진은 아사(餓死) 직전의 볼품없는 중년남자다. 그런데 지금 혁신전략사업부에서 여유 있는 자세로 뭔가를 읽고 있는 저 남자는 이제 갓 입사를 한 신입사원마냥 젊었다. 그뿐이 아니다. 그는 가만히 앉아 있는 것만으로도 주변의 시선을 잡아끄는 매력을 발산하고 있었다.

입구 쪽에 있던 여직원들 둘이 차트를 정리하면서도 소곤거렸다.

"얘, 얘, 새로 오신 강 차장님 봐봐. 너무 자세 나오지 않니?"

"너 강 차장님이 삼십 대 중반이라는 게 믿어지냐?"

"외모에 능력까지, 진짜 대단하다. 결혼했을까?"

"안 한 것 같은데? 반지 낀 거 봤어?"

"요즘 누가 반지를 끼고 다니니?"

"하긴, 그래도 난 왠지 강 차장님은 결혼 안 했을 것 같아. 독신 남성의 뭔가 우아하고 여유 있는 표정이시잖아."

"……."

여직원들의 잡담이 끊겼다.

신은서가 그녀들의 곁을 지나가면서 가볍게 눈인사를 건넸던 것이다.

곧이어 신은서는 보란 듯이 강유진의 자리로 또박또박 걸어갔다.

"안녕하세요? 강 차장님."

혁신전략사업부의 현황자료집을 읽던 강유진이 깜짝 놀란 얼굴로 자리에서 일어섰다.

"어? 신 과장? 어떻게 알았어?"

"후후! 그게 중요한가요? 총무과에는 왜 연락을 안 주셨어요? 섭섭하네요. 정말!"

"아, 그게, 나중에 자리 좀 잡히면 정식으로 초대하려고 그랬지. 지금은 분위기 익히느라고 밥 먹을 틈도 없다고. 봐봐, 내가 언제 이런 거 읽는 거 본 적 있어?

강유진이 두툼한 현황자료집을 흔들어 보였다.

"치이, 그래도 그렇죠. 그냥 전화라도 한 통 해주시지 그러셨어요?"

미모라면 남에게 뒤지지 않는 신은서가 툴툴거리자 주변에 있던 남녀 직원들이 힐끔거렸다.

주위의 시선에 부담을 느낀 강유진이 자리에서 빠져나왔다.

"직원 휴게실에라도 가서 얘기를 해야겠다. 잠깐 시간 되지?"

"네, 괜찮아요."

"오케이. 거기 커피메이커 좋은 거 갖다 뒀더라고. 맛이 스타벅스랑 차이도 안 나. 내가 커피 살 돈이 없어서 그러는 게 아니야. 알지?"

"뒤에 한 말은 왠지 변명처럼 들리는걸요?"

"총무과 직원 아니랄까 봐 남의 재정 상태에 관심이 많네."

"어머! 그런 거 아니에요!"

신은서가 강유진의 어깨를 가볍게 때렸다.

강유진은 아무렇지도 않다는 듯 웃으며 돌아섰지만 속으로는 조금 당황하고 있었다.

'신은서가 전에도 이랬나?'

하지만 전에 어땠는지 구체적으로 기억이 나질 않았다. 그래도 지금의 신은서보다 조용하고 내성적이었던 것만은 분명하다.

휴게실에 자리를 잡고 앉자마자 강유진은 사과부터 했다.

"미안, 미안. 그동안 잘 지냈지?"

"네, 앞에 계시는 누구처럼 아주 잘~ 지냈답니다."

"에구, 진짜 미안해. 말 못할 사정이 있었다고. 박 대리랑 김 대리는?"

말 못할 사정이 있었다는 말에야 신은서의 얼굴이 밝아졌다. 강유진이 잊고 있던 게 아니라는 것을 알았기 때문이다.

"두 사람도 잘 지내요. 요즘은 둘이 대놓고 사귀고 있어요."

"그래? 그럴 줄 알았다니까."

"어머! 알고 계셨어요?"

"귀머거리에 장님이 아닌 이상 모를 수가 있나. 둘이 매일 메신저로 놀고 있는데."

"풉! 그래요? 최 차장님은 모르시던데요?"

"그 사람은 원래 분위기 파악을 잘 못하잖아."

"하긴, 주변을 잘 안 보긴 하죠."

"최 차장은 여전한가?"

"네, 여전하세요."

최일환 차장의 이야기에 이르러 두 사람은 잠시 웃었다. 파란만장(波瀾萬丈)하던 지난 일들이 떠오른 탓이다.

"박 대리가 모였으면 하던데, 괜찮으세요?"

"당연히 괜찮지. 지금은 좀 힘들고. 조만간 내가 연락할 테니까 다들 기대하고 있으라 그래."

"와아~ 기대까지나요?"

"이거 왜 이래? 나도 '궁색함'에서 '축제'로 라이프스타일을 바꾼 사람이야."

신은서의 두 눈이 휘둥그렇게 떠졌다.

"축제요? 그대로 전할게요."

"음, 음, 축제까지는 아니고, 그냥 조촐한 파티? 아니, 식사?"

"어머, 점점 약해지시네요! 이왕 바꾸시는 김에 라이프스타일을 좀 쎄게 확! 바꾸지 그러셨어요?"

"아아, 너무 그러지 마. 지금도 열심히 바꾸는 중이라고."

신은서가 환한 미소로 강유진을 바라보았다.

"확실히 전하고 많이 달라지셨어요. 바뀌신 게 눈에 보여요."

"그런가? 신 과장이 그렇다니 나도 좀 변한 모양이네."

"좀이 아니라 엄청 많이 변하셨어요. 어떻게 나이를 거꾸로 먹으세요?"

"어떻게?"

"네."

"잘~"

강유진의 농담에 신은서는 피식 웃고 말았다.

겉으로는 많이 변했지만 저 실없는 농담만큼은 이전 그대로다.

그제야 조금 마음이 편안해지는 느낌이다. 휴게실에 와서 마주 앉을 때까지만 해도 영 다른 사람처럼 보여서 마음이 조금 무거웠었다.

두 사람의 대화를 유심히 듣고 있던 박미나가 마우스로 'mute'를 찍었다.

"아, 진짜, 닭살 돋아 미치겠다. 희열아! 이리 와라! 너 누나랑 교대 좀 하자!"

"선배님, 저는 지금 박세기 요원님과 교신 중입니다. 그런데 이쪽도 추천하고 싶지 않아요. 차라리 로맨스 드라마 같은 분위기가 낫습니다. 여긴 그냥 거친 숨소리밖에 없어요. 이 소리 한 시간만 들으면 신경안정제 찾게 될지도 모릅니다. 그래도 바꾸실래요?"

순간 울컥해진 박미나가 김동식 팀장이 있는 쪽으로 시선을 돌렸다.

"아니! 팀장님, 그냥 감청요원을 더 뽑아야 하는 거 아니에요? 왜 우리가 이러고 있어야 돼요? 우린 현장 요원들이잖아요?"

"제5과는 올라운드 플레이어야. 내근, 외근 따로 없다. 밤새 서류 작성도 하고, 필요하면 감청도 하고, 위기 상황에서는 총질도 한다."

"저는 그냥 총질만 하면 안 되나요?"

"그렇게 총이 쏘고 싶으면 연수원에 다시 보내줄까? 가서 사격 훈련 받고 싶나?"

"그건 아닌데……."

"박미나 요원, 여기서 모니터링 하고 있을 때가 행복한 거다.

우리가 현장에 투입될 정도의 사건이 터지면 생사를 장담……."

"……잠깐만요."

헤드셋을 끼고 있던 박미나가 모니터로 시선을 돌렸다.

'mute'를 누른 그 짧은 시간 동안 강유진은 신은서와 작별인사를 나누고 다시 자신의 자리로 돌아가는 중이었다. 그런데 그런 강유진의 앞에 문정식 대리가 나타난 것이다.

"강 차장님, 아까 그 아가씨 우리 그룹 직원 맞죠?"

"네. 전에 함께 일하던 총무과 직원입니다. 인사를 하러 왔다네요."

"아! 어쩐지 낯이 익더라고요."

"그런데 저한테 무슨 볼일이라도?"

"아, 내 정신 좀 봐. 다름이 아니라, 오늘 저녁에 시간 되십니까?"

"시간은 있는데, 왜요?"

문정식 대리가 얼굴 가득 미소를 지으며 말했다.

"강 차장님의 합류를 축하하는 의미에서 제가 한번 쏘려고요."

"혹시 혁신전략사업부의 환영식 같은 건가요?"

순간 문정식 대리의 음성이 은근하게 가라앉았다.

"그건 아니고요. 요즘 우리 부서가 대놓고 환영식하고 그럴 분위기는 아니거든요. 부장님이 추진하시던 몇 가지 대형 프로젝트가 삐그덕거려서요. 그냥 제가 좋은 일이 있어서, 이참에 차장님

모시고 우리 부서를 대표해서 환영식 비스무리한 걸 열어 드리려고요."

한마디로 친해지자는 의미에서 따로 한잔 사겠다는 소리다.

강유진의 얼굴에 미소가 번졌다.

상대가 누구라도 승낙했겠지만, 산업스파이라면 더더욱 마다할 리가 없다.

"저야 좋지요. 그렇지 않아도 부서가 지금 어떻게 돌아가고 있는지, 누구에게라도 물어보고 싶었거든요."

"잘됐네요. 그런 거라면 제가 전공입니다. 그럼 약속한 겁니다."

"네, 감사합니다."

"아닙니다."

문정식 대리가 깍듯이 인사를 하고 자기 자리로 돌아갔다.

강유진이 고개를 갸웃거렸다. 상대가 자신에게 먼저 접근한 이유를 알 수가 없었기 때문이다.

# 제6화

## 누구세요?

박미나가 다시 'mute'를 누르고, 팀장에게 지금까지 보고 들은 내용을 전달했다.

김동식 팀장이 다 안다는 듯 고개를 주억거렸다.

"진짜 강 선생이 마음에 든 건가? 아니면 만만하게 본 걸까? 어느 쪽이든 상관없지. 실전훈련으로는 오히려 잘된 건가?"

"그런데 팀장님, 저쪽에서도 강 선생의 투입을 알고 있나요?"

물론 박미나가 말한 '저쪽'이란 산업스파이 전담팀이다.

"아니, 그쪽에서는 박세기 요원만 지원하고 있는 줄 알아."

"네? 이러다가 괜히 그쪽 팀에 혼선을 주는 건 아닌가 모르겠네요."

"괜찮아. 박세기가 거기 있잖아."

"……."

박미나가 고개를 갸웃거렸다.

특급요원 박세기를 파견 보낸 건 단지 교통정리를 위해서였단 말인가?

그럼, 도대체 누구를 위한 실전훈련이지?

지금까지는 당연히 산업스파이 전담팀에 나간 박세기 요원인 줄 알았다. 갑자기 머리가 복잡해진다. 뭔가 중요한 걸 놓치고 있다는 느낌이다.

"근데요, 팀장님. 검거 직전의 산업스파이에게 너무 많은 인원과 특급 장비가 동원되고 있다는 생각은 들지 않으세요?"

제5과의 요원들이 이렇게까지 나설 필요가 있느냐는 질문이다.

하지만 팀장은 당연하다는 얼굴로 답했다.

"우리와 달리 강 선생은 지금까지 스파이 생활을 해본 적이 없잖아. 그래서 이런 식의 이벤트를 마련해본 거야. 강 선생도 24시간 요원들의 눈길에 노출 된 생활이 어떤 건지 알아야 한다고. 말했잖아. 이건 장비나 상황에 익숙해지는 실전훈련이라니까!"

"……."

박미나는 황당한 눈으로 팀장과 화면을 –비록 책꽂이밖에 보이지 않았지만– 번갈아 바라보았다.

한순간 '설마 저 강유진을 위해서 이 난리를 치고 있느냐?' 는 질문이 목구멍까지 밀고 올라왔지만, 꾹 참았다. 왠지 '그렇다'

는 대답이 나올 것만 같아서다. 그건 정말, 설사 그게 진실이라고 해도, 듣고 싶지 않은 소리였다.

"팀장님, 혹시 강 선생이 대통령의 사생아라도 되나요?"

"응? 무슨 소리야?"

"아뇨, 지나친 특혜가 아닌가 해서요. 세상에 어느 조직이 컨설턴트한테 이렇게 잘해줘요? 좀 이상하잖아요? 나만 그렇게 생각하나?"

박미나가 뒤쪽의 최명석을 향해 고개를 돌렸다.

그렇지 않아도 두 사람의 대화에 귀를 쫑긋 세우고 있던 최명석이 격하게 고개를 끄덕였다.

"그게, 좀, 이상하긴 하죠. 확실히!"

하지만 김동식 팀장은 얼굴 표정 하나 변하지 않았다.

"박미나 요원."

"네?"

"내가 말하지 않았던가? 함께 일하다 보면 알게 될 거라고."

"아, 네에~"

박미나가 건성으로 대답했다.

최명석은 다시 첨단 장비들의 매뉴얼로 시선을 떨구었다.

'함께 훈련까지 받아봤는데, 모르겠던데…….'

강유진이 총 잘 쏘고, 호신술 잘하는 건 알고 있다. 그런데 천하의 KEF가 컨설턴트의 실전훈련을 도와주고 있다는 현실은, 정말 이해가 가지 않았다.

"팀장님, 강 선생이 핀 카메라를 껐는데요."

박미나가 팀장을 바라보았다. 강유진이 갑자기 카메라를 껐으니 어떻게 해야 할지를 묻고 있는 것이다.

"음, 카메라를 켠 지 몇 시간이나 지났지?"

"오전 10시에 켰으니 정확히 일곱 시간 됐네요. 다시 켜라고 할까요?"

"일곱 시간이면 충분히 적응됐겠지. 그냥 내버려둬. 나중에 문정식을 만날 때 켜달라고 말해봐. 추가적으로 무슨 일이 발생하면 빨리 대처해야 하니까."

박미나가 가볍게 인상을 찡그렸다.

나중에 '켜게 해라'가 아니라 '켜달라고 말해봐'라는 팀장의 말이 신경 쓰여서다.

"핀 카메라를 켜주세요? 라고 해야 하는 분위기인가요?"

"그 부분은 알아서 적당히 해봐. 기계 조작이나 백업요원들과의 관계설정을 점검하는 게 이번 훈련의 목적이니까."

"……백 · 업 · 요 · 원이라고요?"

마우스를 움켜쥔 박미나의 손이 부들부들 떨렸다. 현장에서 날고뛰던 자신의 임무가 고작 컨설턴트의 백업이었단 말인가?

"박미나 요원, 백업요원이라는 말에 너무 흥분하지 말아라. 같은 소리를 자꾸 하게 만드는데, 우리는 올라운드 플레이어가 되어야 한다. 비밀은 관계자가 적을수록 더 잘 지켜질 수 있으니까. 나는 백업요원들까지 단속하면서 제5과의 일을 추진할 자신이 없다."

"……."

박미나는 팀장의 설명에 호흡을 가다듬었다.

그제야 떨리던 손이 조금 진정됐다.

*　　*　　*

강유진이 '핀 카메라를 켜달라'는 박미나 요원의 말을 들은 건 경인 고속도로를 달리는 은색의 BMW 안에서였다.

하지만 강유진은 핀 카메라를 켜지 않았다.

아무런 일도 없는데 핀 카메라를 켤 생각은 없었다. 게다가 지금은 뒷자리에 앉아 있으니, 핀 카메라를 켜봐야 등받이밖에 보이지 않는다. 그래서 강유진은 '핀 카메라를 켜라'고 요구하는 박미나의 의견을 한 귀로 듣고 한 귀로 흘렸다.

귓속에서 다시 한 번 '핀 카메라를 켜주세요'라는 정중한 요청이 들렸지만, 사양했다.

"강 차장님, 사실 동인이는 제 대학 후배예요. 오늘 강 차장님과 동인이가 함께 일하게 됐다는 말을 듣고 고마워서 한턱내겠다고 한 겁니다."

조수석에 앉아 있던 김동인이 계면쩍은 얼굴로 말했다.

"사실 AMLCD 전략사업부의 마케팅팀이 해체됐을 때 퇴사하려고 했거든요. 그걸 선배님이 말려주셔서 지금까지 버틸 수 있었습니다."

"아! 그랬군요. 그 마케팅팀은 왜 해체가 된 건가요?"

"경쟁사에서 꼭 한발 먼저 우리가 기획한 행사를 하더라고요. 그렇게 이 년 정도 계속 당하다가 보니 팀원들 간에 불신도 깊어지고, 결국 해체되더라고요. 팀장님이 모든 책임을 지고 지방으로 가셨습니다. 그때 홧김에 퇴사한 사람도 있고…… 저는 대기발령 비슷한 상태였습니다. 그러다가 강 차장님 덕분에 다시 재기의 발판을 마련하게 된 거랄까요."

"저런, 마음고생이 심하셨겠습니다."

"아직 젊으니까 인생의 경험이라고 생각하고 있습니다."

김동인의 얼굴에 어떤 결기 같은 게 떠올랐다. 엘리트 코스를 밟아온 청년이 사회에 나와서 된통 당한 게 어지간히 분했던 모양이다.

"하여튼 강 차장님, 우리 동인이 잘 좀 이끌어 주십쇼. 지내보면 아시겠지만 요즘 세상에 저렇게 정직한 녀석도 드물어요."

"별말씀을요. 제가 잘 부탁 드려야지요. 이 년 만에 다시 오니까 뭐가 뭔지 전혀 모르겠더라고요."

강유진과 문정식 사이에 잠시 화기애애한 덕담이 오고 갔다.

그러는 동안 어느새 BMW는 인천의 차이나타운 근처로 진입하고 있었다.

"목적지가 차이나타운인가요?"

강유진의 물음에 문정식이 고개를 끄덕였다.

"예, 제가 잘 아는 단골 요릿집이 있습니다. 풀코스로 나오는데, 값은 좀 비싸지만 어디에서도 먹어보지 못한 맛일 겁니다."

"아! 중식 코스요리인가 보군요?"

"아차! 그러고 보니 강 차장님이 중국요리 좋아하시는지를 여쭤보지 않았네요. 중국요리 괜찮으시겠어요?"

인천까지 와서 할 질문은 아니었다.

하지만 강유진은 내색하지 않았다.

문정식이 차이나타운까지 올 때는 그만한 이유가 있어서일 것이다.

'어쩌면 오늘이 그날인지도 모르겠군.'

그걸 염두에 둔 적은 없지만, '잘하면 영화에서나 볼 장면을 보게 될지도 모르겠다'는 생각이 불현듯 머릿속을 스치고 지나갔다.

"저는 중국요리 좋아합니다. 김동인 씨는 어때요? 괜찮겠습니까?"

조수석의 김동인이 당연하다는 듯 답했다.

"하하, 괜찮습니다. 그 집 진짜 맛있거든요. 게다가 서빙하는 아가씨들도 전부 미스코리아 저리 가라 할 정도로 예쁘구요."

"아, 벌써 가보셨나 보군요?"

"선배님 따라서 다섯 번 정도 가본 것 같습니다. 다섯 번 맞죠?"

"몰라, 그걸 누가 세면서 다니냐? 그래도 대충 그 정도 될 거 같긴 하다."

"우리 팀이 해체되기 전에 거기서 회식도 했었는데. 쩝. 아쉽다."

정면을 주시하고 있는 김동인은 어쩐지 씁쓰름한 표정이다. 함께 일하던 팀원들 생각이 난 모양이다.

* * *

전화를 끊은 김진혁 요원이 급하게 외쳤다.

"팀장님! 박세기 요원에게서 연락이 왔습니다. 용의자가 차이나타운의 만리향(萬里香)에서 거래를 하려는 것 같답니다. 거래처로 의심 받아온 중국 사업가도 현재 만리향으로 이동 중이고요. 아무래도 오늘이 거래일 같은데, 강 선생을 그대로 둬도 괜찮겠습니까?"

박미나 요원도 놀란 눈으로 팀장을 바라보았다. 하필 출근 첫 날 이렇게 휘말려들 줄이야!

잠시 생각하던 김동식이 어쩔 수 없다는 듯 어깨를 으쓱해 보였다.

"그냥 지켜봐야지 뭐. 지금 억지로 몸을 빼려고 하다가 괜히 산통 다 깨는 수가 있다고. 강 선생에게 상황 전달하고, 지켜보라고 해. 용의자와 함께 검거되면, 그때 가서 빼돌리면 되니까."

"알겠습니다."

박미나가 새치름한 표정으로 마이크를 잡았다.

"강 선생님, 잠시 후 그 자리에서 거래가 있을 것 같습니다. 괜히 시선을 끌 만한 행동을 했다가 판이 깨질 수도 있으니까, 모른 척 지켜만 보세요."

강유진은 자연스럽게 넥타이 핀을 매만졌다. 핀 카메라를 다시 켜고 있는 것이다.

곧이어 식탁 위로 하나둘씩 요리가 진열되기 시작했다. 요리가 나올 때마다 문정식 대리가 설명을 곁들였다.

강유진과 김동인은 설명을 들으며 하나씩 가져다가 먹었다.

김동인은 조금 내성적인 성격인 듯, 누가 묻는 말에는 성실하게 답했지만 먼저 뭔가 말을 꺼내는 법이 없었다. 그러다 보니 대화는 주로 문정식이 이끌어야 했다. 다행히 문정식은 사교성이 뛰어나서 강유진이 어색할 틈을 만들지 않았다.

분위기가 한창 무르익었을 무렵이다. 문정식이 유쾌하게 웃으며 말했다.

“하하! 오늘 진짜 분위기 좋네요! 마음에 맞는 사람들하고 식사를 하는 것도 정말 오랜만입니다. 강 차장님, 밥만 먹고 끝내자니 섭섭한데…… 어떻습니까? 식사 후에 2차라도 갈까요?”

“2차요? 인천에서요?”

“아니요, 아니요, 대리운전 부르려면 아무래도 서울이 좋겠죠. 얼마 전에 부장님과 가본 곳이 있는데, 그곳 분위기가 예술입니다.”

“저야 뭐 지하철 타면 되니까, 서울이라면 환영입니다.”

“와우! 그럼 오늘 2차 예약입니다!”

문정식이 주먹을 불끈 쥐어 보였다. 어딘지 모르게 과장된 몸짓이다.

강유진은 문정식이 흥분한 이유를 알고 있었지만 내색하지 않았다.

“하하. 선배님, 복권이라도 당첨되셨어요? 상당히 기분 좋아 보이시네요.”

김동인의 말에 문정식이 머쓱한 표정을 지어 보였다.

“야! 복권에 당첨돼야만 기분이 좋으냐? 마음이 통하는 사람들과의 자리가 얼마나 좋은 건데. 넌 아직 어려서 몰라. 이 세상에 강 차장님과 너 같은 사람이 많은 줄 아냐? 천만의 말씀이거든!"

강유진이 당연하다는 듯 고개를 주억거렸다.

"그건 문 대리님의 말이 맞습니다. 확실히 마음 통하는 사람 만나기 어려운 세상이 됐죠."

문정식이 의기양양한 표정으로 김동인을 바라보았다.

"거봐라, 강 차장님 말씀 들었냐? 이런 게 연륜이라는 거야. 알겠냐?"

"아, 네. 나이 어린 저는 그냥 두 분만 믿고 가겠습니다. 어디라도 갈 테니까, 버리지만 말아주십쇼."

진지한 김동인의 대답에 문정식이 손사래를 쳤다.

"아나, 농담을 못하겠네. 강 차장님 보셨죠? 저렇게 성실한 녀석이라니까요."

"하하, 십 년 전의 저를 보는 것 같아 좋습니다."

강유진의 농담에 김동인과 문정식이 실소를 흘렸다. 왠지 가슴이 따듯해지는 농담이라는 생각이 들었던 것이다.

끝내 문정식이 한마디 곁들였다.

"강 차장님은 예능을 다큐로 만드는 재능이 있으신 것 같습니다."

"푸흐흑!"

김동인이 억지로 웃음을 참고 있을 때다.

돌연 문정식이 접시 위에 젓가락을 가지런히 내려놓았다.

"저 잠시 화장실에 다녀오겠습니다."

"아, 네."

"선배님, 빨리 다녀오세요."

문정식이 푸근한 미소로 두 사람을 바라본 후 자리에서 일어섰다.

대화를 이끌던 문정식이 나가니 어색한 침묵이 감돌았다.

머뭇거리던 김동인이 어렵게 입을 열었다.

"문 대리님은, 제 선배라서가 아니라 우리 혁신전략사업부에서 제일 인간적인 분이세요. 항상 먼저 다가가서 도와주려고 하거든요. 강 차장님도 우리 선배님과 친해두면 여러모로 좋으실 겁니다."

"그래 보입니다."

강유진이 담담한 눈으로 김동인을 바라보았다.

*　　*　　*

문정식이 남자 화장실 안으로 들어갔다.

어디선가 검은 양복의 남자 둘이 나타나서 문정식이 들어간 남자 화장실의 문을 막아섰다.

화장실 안으로 들어간 문정식이 거울 앞에서 손을 씻고 있던 남자에게 CD가 든 플라스틱 케이스를 내밀었다.

"여기 있습니다."

플라스틱 케이스가 남자의 손으로 넘어갔다.

그런데 남자의 주변에 돈 가방이 보이지 않았다. 지금까지 이런 적은 없었다.

긴장으로 문정식의 호흡이 조금 흐트러졌다.

"돈은?"

"무슨 돈?"

남자가 뚱한 표정으로 되물었다.

"농담하지 마시오!"

문정식이 나름 호기롭게 소리치며 남자를 노려보았다.

하지만 남자의 표정에는 조금의 변화도 없었다.

"쯧! 내가 당신이라면, 경찰을 피해서 어디로든 달아날 텐데."

"무슨 개소리요! 경찰이라니!"

"이봐, 여기에는 이미 경찰이 쫙 깔렸어. 경찰을 줄줄이 달고 온 주제에 돈을 달라고? 나를 너무 물로 본 거 아냐?"

"거짓말하지 마! 내 돈이나 내놔!"

'쯧쯧!' 하며 혀를 차던 남자가 품안으로 손을 집어넣었다.

남자가 꺼낸 것은 돈이 아니라 권총이다.

하얗게 질린 얼굴로 문정식이 뒷걸음질 쳤다.

"너를 죽일 생각은 없다. 거래는 거래니까. 재주껏 달아나 봐라. 경찰의 손을 피해 달아날 수 있다면, 그때 돈을 주도록 하지."

남자가 총구를 가볍게 흔들었다. 꺼지라는 뜻이다.

문정식이 후들거리는 걸음으로 뒷걸음질 쳤다.

남자는 권총을 품안에 갈무리하고 화장실 밖으로 느긋하게 걸어 나갔다. 문 앞을 지키고 있던 남자들이 그 뒤를 조용히 따라갔다.

문정식과 헤어진 뒤 남자가 간 곳은 화려하게 꾸며진 특실이다.

식사 중이던 이 노사와 이소빙은 시선을 돌리지도 않았다.

"문제가 조금 생긴 것 같습니다."

"문제?"

이 노사가 불쾌한 눈으로 명왕(冥王)을 쏘아보았다.

"거래 중이던 상대가 경찰을 달고 왔습니다."

"쯧, 몇이나 왔던가?"

"승합차 두 대에서 내린 사람이 13명입니다."

"……."

"놈, 어떻게 일처리를 하고 다니기에 이 소저와 함께한 자리까지 그런 문제를 끌고 들어오느냐!"

"……."

명왕은 고개를 푹 수그렸다.

지지리도 운이 없는 날이다. 하필 이 노사 일행과 함께 움직인

날 일이 꼬여버리다니!

'입구의 CCTV만 아니었어도…….'

그랬다면 벌써 부하들을 데리고 몸을 피했을 것이다. 하지만 한국은 중국과 달리 더럽게도 CCTV가 많이 설치된 나라다. 이 노사 일행과 함께 들어오는 장면도 분명히 어딘가에 찍혔을 것이다. 이래저래 주변을 확실히 정리하지 않으면 안 되는 상황이었다.

이소빙(李少氷)이 웃으며 들고 있던 찻잔을 내려놓았다.

"후후, 큰일 났네. 당분간 조용히 있어야 하는데…… 벌집을 건드리게 생겼네."

"끙! 이 소저께서는 먼저 가십시오. 이쪽의 일은 제가 처리하겠습니다."

"아니에요. 이 기회에 한국의 경찰력이 어느 정도나 되는지 좀 봐둬야겠어요. 그럼 난 좀 조용한 곳으로 자리를 옮길게요."

말과 함께 이소빙이 일어섰다.

황급히 자리에서 일어난 이 노사가 머리를 조아렸다.

곧이어 이 노사와 명왕이 고개를 들었을 때, 특실에는 아무도 남아 있지 않았다.

* * *

“팀장님, 거래 상대자들이 확인됐습니다. 특실에 있는 중국인들입니다. 그런데 생각보다 숫자가 많습니다.”

“…….”

무선 헤드셋을 통해 들려오는 1조 조장의 상황보고에 집중하고 있던 홍수범이 가볍게 인상을 찌푸렸다. 생각지도 않은 숫자 얘기에 좀 당황한 것이다.

“몇 명이나 되나?”

“특실에 모여 있는 남녀가 3명, 입구를 지키고 있는 인원이 4명입니다.”

“전부 7명인가?”

“그렇습니다. 어떻게 할까요?”

“음…….”

무전교신 중이었지만 저도 모르게 침음성이 흘러나왔다. 용의자를 포함한 한국인이 3명이니 모두 10명이다. 출동한 요원이 13명. 확실한 제압을 장담할 수 없는 숫자다. 감시를 하고 있던 요원이 어떻게 할 건지 묻는 것도 이해가 갔다.

홍수범 팀장이 입술을 질겅질겅 씹었다.

하지만 지금 덮치지 않으면 중국인들은 본국으로 달아나고 말 것이다. 고작 반쪽짜리 성과를 위해 지난 육 개월을 참고 기다린 건 아니었다.

‘어차피 오늘 여기서 놓치면, 영영 놓치는 거다.’

그렇다면 길게 생각할 것도 없다. 최대한 많이 쓸어 담는다. 그러다 보면 중국 쪽의 정보도 얻을 수 있을 것이다. 나중에 중국 공안의 협조를 구하려면, 오늘 중국의 산업스파이들을 잡아야 한다.

"어차피 우리가 움직인 것을 알면 전부 잠수를 탈 놈들이다. 오늘 전부 검거한다. 숫자가 좀 많지만, 우리는 할 수 있다. 1조, 2조, 알아들었나?"

"알겠습니다!"

"옙!"

"나와 박세기 요원이 문정식과 그 일당을 체포하겠다. 1조는 후문으로 진입하고, 2조는 나와 함께 정문으로 간다. 진입 즉시 2조는 특실로 달려라. 일단 실내로 진입한 뒤로는 조장들의 지휘에 따라 중국인들을 제압하고, 증거를 확보해라! 이상!"

"예!"

"알겠습니다!"

조장들의 힘찬 대답에 홍수범 팀장은 조금 마음이 놓였다.

불안하긴 했지만 큰 걱정은 하지 않았다. 지금까지 산업스파이들은 현장을 급습하면 달아나기에 정신이 없었다. 저항은커녕 도검(刀劍)을 소지한 사람조차 없었을 정도다. 대부분이 사무직이나 연구원들인지라 정체가 들통 났다는 것을 알게 되면 공황상태에 빠져 미친 듯 달아나는 게 전부였던 것이다.

"박세기 요원, 아무래도 오늘 저를 좀 도와줘야겠습니다."

홍수범 팀장의 말에 박세기가 흔쾌히 고개를 끄덕였다.

바라던 바다. 뒤에서 구경만 하는 것은 확실히 체질에 맞지 않았다.

"알겠습니다. 팀장님과 함께 가지요."

"장비는?"

입으로 먹고 사는 카운슬링과인지라 무기를 소지하고 있는지 걱정이 된다는 표정이다.

박세기 요원이 가슴 어림을 가볍게 두드려 보였다.

"저는 언제나 지니고 다닙니다."

"아, 그럼 잘 부탁드립니다. 여러분, 추수할 시간이다. 가자!"

홍수범 팀장이 빠르게 달려가 가게의 문을 열었다. 그리고 번개처럼 문정식 일행이 들어가 있는 룸으로 달려갔다.

점원들과 홀에 앉아 있던 손님들이 놀란 눈으로 홍수범과 박세기를 바라보고 있을 때다.

뒤이어 소리 없이 들어온 다섯 명의 2조 요원들도 특실이 있는 중앙 홀의 뒤편으로 서서히 전진해 나갔다.

* * *

한편 일단 룸으로 되돌아간 문정식은 정신이 하나도 없었다.

단순히 돈을 떼먹으려고 그런 걸까? 아니면 정말 경찰에게 걸린 걸까?

눈빛은 혼탁해졌고, 얼굴은 땀으로 범벅이 됐다.

"선배님, 어디 아프세요?"

김동인이 걱정스럽다는 듯 문정식을 바라보았다.

"어? 어, 속이 좀 불편하네. 아무래도 낮에 뭘 잘못 먹었나 봐. 아, 배도 살살 아파오고…… 진짜 어디 잘못된 것 같아. 미안해, 나 먼저 가봐야겠다."

곧이어 문정식은 죽어가는 얼굴로 강유진에게 양해를 구했다.

"강 차장님, 저 먼저 일어나야겠습니다. 몸이 장난 아니네요. 계산은 제가 하고 갈 테니까, 동인이랑 천천히 먹고 일어나세요."

문정식이 막 자리에서 일어났을 때다.

열심히 먹고 있던 강유진이 문정식의 옷깃을 꽉 움켜잡았다.

"에이, 문 대리님! 우리 떼어 놓고 2차 가려고 그러는 거죠? 방금 전까지 멀쩡하던 분이 화장실 갔다 와서 아프다니, 말도 안 돼. 나도 약속 겹치게 잡으면 가끔 그 수법 써먹는데…… 그러지 말고 좋은 데 있으면 같이 갑시다! 마음 맞는 사람들 만나기 어렵다면서요~"

"어? 진짜? 수상하다! 선배님! 진짜 아파요? 아님 다른 약속 있어요?"

김동인까지 의혹 어린 시선으로 바라보자 문정식은 속이 바싹 바싹 타들어 갔다.

'씨발! 놔라! 제발! 얼굴은 착하게 생긴 놈이 공짜는 더럽게 밝히네!'

문정식이 억지로 웃으며 팔을 뽑았다. 아니, 뽑으려고 했다. 하지만 강유진이 얼마나 세게 잡았는지 무리하다가는 옷이 찢어질 것 같았다.

"강 차장님, 진짜 오늘 제가 몸이 안 좋아서 그래요."

문정식이 울 것 같은 얼굴로 강유진에게 사정하고 있을 때다.

덜컹.

문이 부서질 듯 열리며 두 남자가 뛰어들어 왔다.

"꼼짝 마! 산업기술유출 혐의로 모두 체포한다!"

"으헉!"

깜짝 놀란 문정식 대리가 털썩 주저앉았다. 너무 놀라 무릎에 힘이 빠져버린 것이다.

홍수범 팀장이 문정식 대리의 팔을 꺾어 수갑을 채웠다.

"뭐, 뭐요?"

김동인이 놀란 눈으로 룸에 난입한 남자들을 바라보았다.

박세기가 김동인의 팔을 움켜잡으며 나직이 말했다.

"당신을 산업기술의 유출 및 보호에 관한 법률 위반으로 체포합니다."

"나, 난, 그런 거 아닙니다."

박세기 요원이 고개를 저으며 김동인의 손에 수갑을 채웠다.
강유진은 묵묵히 두 사람이 체포되는 것을 바라보기만 했다.
홍수범 팀장이 혀를 차며 그런 강유진에게로 다가갔다.
"쯧쯧! 젊은 사람이 왜 이런 짓을 하고 다니나?"
"나도 산업스파이 아닌데요."
"그건 국정원에 가면 알게 될 일이고."
홍수범 팀장이 강유진의 손을 뒤로 잡아챘다.
강유진이 억울하다는 눈으로 박세기 요원을 바라보았다.
하지만 박세기 요원은 강유진의 뜨거운 시선을 외면했다.
"박 요원, 이 두 사람 좀 지키고 있어 주세요. 저쪽에 지원……."

*탕. 타타탕. 탕. 탕탕.*

말을 하던 홍수범 팀장이 그대로 얼어붙었다. 특실 쪽에서 총성이 울린 것이다.
"뭐야! 1조! 2조! 무슨 일이야!"
홍수범 팀장이 헤드셋의 마이크를 움켜쥐고 발작적으로 소리쳤다. 가까이서 들린 총소리는 요원들의 글록 17(Glock 17)에서 나는 소리가 아니었다. 불길한 예감에 가슴이 벌렁거렸다.
곧이어 홍수범의 헤드셋으로 요원들의 비명과 절규가 쏟아져

들어왔다.

"으윽! 팀장님! 중국인들이 자동권총을 난사하고 있습니다! 지원……."

"악!"

"팀장님! 팀장님! 1조원이 모두 당했습니다! 사방이 적이에요!"

"새끼들아! 무조건 피해! 은폐하라고! 잡지 말고 피해! 지금 지원 간다!"

흥분한 홍수범이 밖으로 뛰쳐나갔다.

박세기 요원이 허공을 향해 소리쳤다.

"팀장님, 저도 일단 지원 가겠습니다! 가까운 경찰에 지원 요청해주십쇼!"

막 밖으로 나가려던 박세기 요원이 돌아서서 말했다.

"당신들, 바깥 상황 대충 알겠지? 이 방에서 나가면 죽는다. 총알보다는 콩밥이 몸에 좋을 거야. 그리고 강 선생, 당신이 여기서 뭘 해야 하는지 알겠지? 이 두 사람 어디 가지 못하게 해!"

"수갑은?"

강유진이 수갑이 채워진 손을 앞으로 내밀었다.

"열쇠가 홍 팀장에게 있으니까 나도 못 푼다. 알아서 조심하도록."

연수원에서 강유진의 훈육관으로 있던 습관 때문일 것이다. 박세기는 강유진에게 반말로 지시를 내리고 한달음에 밖으로 뛰어

나갔다.

그러는 동안에도 밖에서는 총성이 쉬지 않고 들려왔다.

김동인이 놀란 눈으로 강유진을 바라보았다.

"강 차장님, 경찰이었습니까?"

"아뇨, 그저 기업자문 컨설턴트입니다."

"강 차장님, 대체 누가 산업스파이라는 겁니까? 설마……."

김동인이 문정식 대리에게 시선을 돌렸다.

이미 얼이 빠져 있는 문정식 대리는 멍한 눈으로 천장만 바라보고 있었다.

"그런 것 같군요. 저도 컨설턴트라서 자세한 건 모릅니다. 부업 삼아 간단한 자문 정도만 해주는 형편이니까요."

"문 선배! 산업스파이 맞아요? 뭐라고 말 좀 해봐요!"

"……."

문정식이 고개를 떨구었다.

순간 김동인의 입에서 욕설이 터져 나왔다.

"야! 개새끼야! 열심히 해서 같이 임원 되자며! 씨발! 어떻게 그런 짓을 할 수 있어! 선배라면서! 어떻게 이런 자리에 후배를 끌어들이냐! 입이 있으면 말을 해봐!"

"……미안하다."

그 말을 끝으로 문정식은 침묵했다.

강유진의 귓속으로 김동식 팀장의 음성이 들려왔다.

"강 선생, 지금 지원해줘야 할 것 같습니다. 경찰특공대가 가고 있지만 8분 정도 소요될 예정입니다. 그전에 홍 팀장 쪽이 몰살 당할지도……."

"알겠습니다."

대답과 함께 강유진이 자리에서 일어섰다.

분에 겨워 씩씩거리던 김동인이 의아한 눈으로 강유진을 바라보았다.

혼자서 뭐라고 중얼거리더니 부스스 일어난다. 마치 몽유병 환자를 보고 있는 기분이다. 밖에서 들려오는 총소리만큼이나 이질적인 모습이었다.

"강 차장님?"

"김동인 씨, 문정식 대리가 이 방에서 나가지 못하게 하세요. 물론 나갈 수도 없겠지만."

"에?"

김동인이 눈을 끔뻑거렸다.

머릿속으로 강유진의 말을 이해하려고 했지만, 도무지 알 수가 없었다.

순간 강유진이 밖으로 살짝 몸을 뺐다.

룸의 문을 등지고 선 강유진의 입에서 나지막한 소리가 흘러나왔다.

"에르 쉬 바쿰."

허공에 세 개의 서클이 나타났다.

서클은 하나로 융화되는가 싶더니, 이내 고운 빛을 뿌리며 사라져갔다.

"클레베스, 우다 칼라가덴."

으드드득.

강력한 보호의 주문과 동시에 묵직한 소리가 몸을 휘감았다.

"벤투스, 헤이룸 이니."

쉬이익.

바람소리와 함께 몸이 가뿐해진다.

강유진은 몸을 돌려 다시 룸 안으로 들어가려다 말고 멈춰 섰다.

그러고 보니 아직 수갑도 벗지 못한 상태다. 이대로라면 도움은커녕 자신의 목숨마저 위태롭다.

"클레베스, 에르 소움."

클레베스로부터 '궁극의 힘'을 끌어내는 마법의 주문이다.

순간 두 손에서 미증유의 힘이 느껴졌다.

강유진이 손가락으로 수갑의 고리를 잡아 뜯었다. 양손을 옥죄고 있던 수갑이 썩은 새끼줄처럼 토막토막 끊어져 바닥으로 떨어져 내렸다.

투두둑.

곧이어 강유진은 문정식과 김동인이 있던 룸으로 돌아갔다.

두 사람은 행여나 총탄이 날아들까 테이블 아래에 웅크리고 있었다.

강유진은 테이블 위에 있던 무쇠 솥의 강선(鋼線)으로 된 걸개를 뜯어냈다.

그리고 문정식과 김동인의 수갑을 그것으로 엮어버렸다.

얼떨결에 문정식과 쌍으로 묶이게 된 김동인이 깜짝 놀라 물었다.

"강 차장님, 왜?"

"이래 놓으면 문 대리가 달아나지 못할 테니까요. 불편해도 조금만 참읍시다."

말을 마친 강유진이 바람처럼 사라졌다.

김동인은 뭔가 말하려고 입을 우물거렸지만, 결국 아무런 말도 할 수 없었다.

찰나지간에 강유진이 사라져 버렸기 때문이다.

"내가 몸이 좀 허해졌나? 방금 강 차장님이 와서 뭐라고 한 것 같은데…… 어우, 현기증이 다 나네."

# 제7화

# 나는 인간이다

홀로 달려나간 강유진은 끔찍한 참상에 몸을 떨어야 했다.

국정원 요원들은 물론 식사를 하고 있던 일반인들까지 곳곳에 쓰러져 있었던 것이다. 조금 전까지 얼룩 하나 없던 홀의 바닥은 피에 흥건하게 젖어 있었다.

"……."

강유진의 얼굴이 분노로 딱딱하게 굳어갔다.

홀을 가로질러 특실이 있는 곳으로 진입하자 사방에서 빗발치듯 총알이 날아왔다.

강유진은 본능적으로 몸을 뒤로 뺐다.

퍼퍼퍽. 퍽. 퍽.

요란한 파공음과 함께 벽에서 돌가루가 튀었다.

"제길! 무식하게 퍼붓는군!"

급히 주변을 살피니 쓰러져 있는 요원들 사이로 박세기 요원이 보였다.

"박세기 요원!"

"응? 그놈들은 어쩌고 나왔나!"

"잘 잡아뒀습니다! 다른 요원들은 어떻게 됐습니까?"

"이쪽은 나만 남았다. 후문 쪽으로 진입한 요원들은 어떻게 됐는지 몰라! 이 미친놈들 보라고! 움직일 틈도 없어! 지원을 보냈다니까, 조금 기다려보자고!"

"후문 쪽 인원이 다 죽으면 어떻게 합니까! 게다가 놈들을 그냥 보내면 안 돼요! 일반인들에게까지 총질을 해댄 놈들이라고요!"

"그래도 별수 없잖아! 진정하고 기다려! 영웅 행세하다가 죽으면 자기 손해라고!"

"박세기 요원은 이곳에서 기다려요! 내가 들어갈 테니까! '

"무슨 헛소리야? 컨설턴트 주제에 어딜 들어간다고 그래! 지금 들어가면 죽는다고! 보면 몰라! 자동권총을 난사하고 있잖아! 저 새끼들이 중무장한 걸 모르고 덮친 게 실수야! 열 받아도 참아! 여기서 죽으면 개죽음이라고!"

돌연 강유진이 박세기를 향해 엄지손가락을 세워 보였다.

그리고 숨을 깊게 들이마셨다.

'무슨 뜻이야?'

박세기가 고개를 갸웃거렸다.

가면 죽는다는데 강유진은 -무슨 공군 파일럿이 출발하기 전에 수신호를 보내듯- 엄지손가락을 치켜세우고 있었다.

'알았다는 건가?'

눈이 마주친 박세기는 저도 모르게 고개를 끄덕였다.

순간 강유진이 폭발하듯 튀어 나갔다.

"안 돼!"

대경실색한 박세기 요원의 입에서 저도 모르게 비명이 터져 나왔다.

타타타탕. 타탕.

안쪽에서 총알이 빗발치듯 날아왔다.

잔뜩 굳어 있던 박세기 요원의 입이 쩍 벌어졌다.

스프링처럼 튀어나간 강유진이 마치 유령처럼 벽을 타고 달렸기 때문이다.

파파파팟.

천장과 벽을 오가며 달리던 강유진이 손가락으로 뭔가를 가리켰다.

"뮤토 사크리시움!"

피잉.

마치 비파의 현을 퉁긴 것 같은 청명한 공명음이 주변에 퍼져나갔다.

하지만 그 소리가 가져온 결과는 끔찍했다.

퍼억. 쫘아아.

머리에 구멍이 뚫린 남자 하나가 뒤로 무너져 내렸다.

남자의 뒤쪽 벽이 핏물에 흥건하게 젖어들었다.

멈추지 않고 특실 한가운데로 뛰어 들어간 강유진이 한쪽 무릎을 꿇고 앉았다.

그리고 두 손을 머리 위에 교차하여 상체를 보호했다.

"모트 자인!"

강유진의 말이 끝나기가 무섭게 특실엔 '죽음의 바람'이 몰아쳤다.

가가가각.

거대한 회오리바람이 칼날처럼 특실을 떠돌아 다녔다.

"아쿤!"

때맞춰 클레베스의 방패가 강유진의 몸을 덮었다.

잠시 후 강유진의 몸도 칼날 같은 바람에 휘말려들었다.

가가가가가각.

미친 듯 휘몰아치던 바람이 거짓말처럼 사라졌다.

강유진이 천천히 몸을 일으켰다.

…….

특실은 한편의 지옥도(地獄道)를 연상케 했다.

온전한 모습을 유지하고 있는 것은 하나도 없었다. 모든 것이 찢어지고 부서졌다.

강유진이 무심한 눈으로 바닥을 바라보았다.

형체를 알아볼 수 없을 정도로 조각난 남자들이, 아니, 정확히는 그들의 육체가 핏물에 잠겨 있다.

"우읍……."

목구멍으로 신물이 올라왔다.

강유진은 어금니를 악다물고 시선을 돌렸다.

살인을 했다. 죽어 마땅한 악당들이지만, 사람이다. 그런데 죽였다. 그것도 많은 사람을 죽였다. 보이지는 않지만, 씻을 수 없는 업(業)이 쌓이는 느낌이다. 이대로라면 앞으로 더 많은 업을 쌓게 될 것이다. 그걸 알면서도 멈출 수가 없다.

"하아!"

강유진의 입에서 한숨이 길게 흘러나왔다.

"당신은 후회하고 있나요?"

강유진이 외면하고 있던 피바다의 현장으로 다시 고개를 돌렸다.

질척한 핏물 위에 한 여자가 서 있었다.

피처럼 붉은 선홍색의 드레스를 입은 여자의 얼굴은 백설처럼 하얗게 빛이 났다.

"당신은 누구지? 당신도 이들과 한패인가?"

도리어 강유진이 되묻자 여자, 이소빙이 배시시 웃었다.

"후후, 당신은 이상한 질문을 하는군요. 우리는, 심지어 당신조차도, 인간과 같은 편에 설 수 없는 존재가 아닌가요?"

"무슨 소리인지는 모르겠지만 당신이 이자들과 한편이라면 선택해라. 순순히 법의 심판을 받든지 그게 아니라면……."

"아니라면 뭐죠?"

"내가 다시 업을 쌓아야겠지……."

강유진의 음성과 표정은 어딘지 처연해 보였다.

"응? 당신은…… 자신이 크라노시안(Kranosian)이 아닌 것처럼 말하고 있네요. 초월자로서의 자각이 없는 건가요, 아니면……."

이소빙의 얼굴에 이해할 수 없다는 표정이 떠올랐다.

강유진이 놀란 눈으로 여자를 바라보았다.

언젠가 회색의 사내가 했던 말이 떠올라서다. 그때는 몰랐지만 지금은 알고 있다. 이들은 '크라노스'라고 하는 최강의 국제 범죄 조직이다.

"당신이 누구든 상관없어요. 사도(使徒)라고 해도 나 역시 크라노시안이 마음에 드는 건 아니니까. 말해봐요. 당신은 크라노시안인가요?"

"아니, 나는 인간이다."

강유진은 여자의 질문을 정확하게 이해하고 있었다.

회색의 남자가 인간종을 초월했다는 확신이 들어서다. 여자의 말을 듣는 중에 그것은 더 분명해졌다. 여자는 '인간과 같은 편에

설 수 없는 존재' 라고 했다. 그것은 회색의 남자와 여자가 초고대 종족, 즉 루인족과 연관되었음을 의미했다.

"그렇군요. 당신은 인간이었군요. 그렇다면 당신의 그 괴상한 능력은 어디에서 온 거죠?"

"우리가 그 정도 깊이의 대화를 나눌 사이였나? 나는 아니라고 보는데."

여자의 얼굴에 미소가 짙어졌다.

"그래도 내가 원한다면 대답해야 할 거예요. 당신이 인간이라면, 인간에 불과하다면, 나를 거역하지 못해요."

"그래? 하지만 미안해서 어쩌지? 나는 여자들 말이라면 절대로 거역하며 살기로 작정한 사람이라서 말이야. 참고로 타협하지도 않을 거야."

강유진도 지지 않고 여자를 노려보았다.

기가 세고 잘난 척하는 여자들을 보면 이가 갈린다.

설상가상으로 눈앞의 여자는 국제범죄조직인 크라노스의 일원이다. 그들에게 국정원 요원과 일반 시민들까지 살해당했다고 생각하니 더더욱 용서할 수가 없다.

여자의 붉은 입술이 나풀거렸다.

"빛, 열기, 타오르는 권능, 급속 동화, 홍염(紅炎)의 사도가 명한다. 염화만개(炎火滿開)."

화르르륵.

순간 거대한 불의 장벽이 강유진을 에워쌌다.
불은 뜨거운 열기를 내뿜으면서도 번져 나가지 않고 특실에만 집중되고 있었다.
강유진의 눈이 빛났다.
마법이다.
수십만 년의 세월을 뛰어넘어 루인족의 마법이 다시 발현되고 있는 것이다.
'어떻게 이것이 가능한 것일까?'
엘의 지혜와 권능을 가진 강유진으로서도 눈앞에 보이는 것만큼은 이해할 수가 없었다.
강유진이 불꽃 속에서 흔들림 없이 서 있자 이소빙의 눈이 휘둥그렇게 떠졌다. 사도들조차도 마법의 불을 두려워한다. 그런데 스스로 인간이라고 한 남자가, 마치 불꽃놀이 구경이라도 하듯 편안한 얼굴로 서 있는 것이 아닌가!
불의 가까이에 있는 물건들이 잿더미로 변해가고 있는 상황에서 말이다.
"와우! 당신 정말 인간 맞아요?"
"어쩌다 보니 불에 대한 내성이 생겨서 말이지. 그런데, 당신은 중국인치고는 의외로 한국말을 잘하는군?"
"사실은 엄마가 조선족이에요. 한국에서 유학 생활도 오래 했고요. 이런, 내 얘기만 하게 하는군요. 하지만 이거 알아요? 당신은 이미 나에게 졌어요. 지금쯤이면 아마 움직일 힘도 없을 거예요. 마법과 과학의 조화라고나 할까요?"

"무슨 소리지? 난…… 응?"

강유진이 머리를 세차게 흔들었다.

'왜 이렇게 어지럽지…….'

머리가 띵해지면서 생각하는 게 점점 느려졌다.

그러더니 어느 순간부터 가만히 서 있기가 어려울 정도로 현기증이 났다.

그뿐 아니다. 시간이 지날수록 멀쩡하던 속까지 뒤집어질 듯 울렁거렸다.

뒤늦게 정신이 번쩍 들었다.

'아! 그러고 보니 불의 장막 속에서 너무 오래 있었다.'

지금까지 마법과 여자의 재치 있는 언변에 정신이 팔려 산소 대신 열심히 일산화탄소를 마셨던 모양이다. 여자의 친절한 미소에 또 당한 셈이다. 마법과 과학의 조화라더니, 마법의 불꽃 뒤에 이런 꼼수를 숨겨두었던 모양이다.

'움직일 힘이 없으니 끝났다고?'

강유진은 이를 빠드득 갈았다.

저 조선족 여자가 미처 모르고 있는 게 있다. 자신은 입만 살아 있으면 모든 걸 다 할 수 있는 남자라는 사실 말이다.

"아이엔, 뮤토 사크리시움…… 다 날려버려……."

말과 함께 강유진이 풀썩 쓰러졌다.

마지막 순간에 아이엔을 떠올린 건, 아이엔이 불의 상극이라고 생각했기 때문인지도 모른다. 어쨌든 아이엔은 물의 요정이었으니까.

*　　*　　*

그즈음 강유진과 박세기를 모니터링하던 제5과는 충격과 혼란 속에 빠져들고 있었다. 눈앞에서 믿을 수 없는 일들이 펼쳐지고 있으니 당연한 것인지도 모른다. 강유진이 벽을 타고 달린 것은 몰랐지만, 하필 머리에 구멍이 뚫리는 장면은 생생하게 중계되었던 것이다.

게다가 특실에 휘몰아치던 토네이도와 모든 것이 잘게 갈려나간 살풍경한 모습들은, 꿈에 볼까 두려운 것들이었다.

"빛, 열기, 타오르는 권능, 급속 동화, 홍염(紅炎)의 사도가 명한다. 염화만개(炎火滿開)."

화르르륵.

불꽃이 밀려드는 것을 끝으로 화면은 멈춘 상태였다.

핀 카메라가 타버린 것이리라.

귀가 따가울 정도로 강한 잡음 사이로 간헐적인 강유진의 독백이 들려왔다.

화르륵.

“어쩌다 보니 불에 대한 내성이 생겨서 말이지. 그런데, 당신은 중국인치고는 의외로 한국말을 잘하는군?”

치지지직.

“무슨 소리지? 난…… 응?”

치치직-

“하아, 하아, 커헉…….”

치지지직-

“……다 날려버려…….”

그 말과 동시에 묵직한 파도 소리가 들려왔다.

곧이어 여자의 찢어지는 듯한 절규가 스피커를 타고 제5과로 전해졌다.

“꺄악! 뭐야! 당신 누구야! 이런 건 크라노시안의 힘이 아니야!”

쏴아아-

“이건 마법이 아니잖아!”

콰지지직. 쿵.

“그만! 싫어! RETOS OMURO MAU!”

철썩. 쏴아아-

…….

마지막 파도 소리를 끝으로 더 이상 아무런 소리도 들리지 않았다.

박미나는 멍한 얼굴로 검게 변한 모니터에서 눈을 떼지 못했다.

그녀의 어깨 너머로 지켜보고 있던 제5과의 요원들도 별반 다를 바 없는 표정들이다.

강유진의 비밀 자료, 일명 'K파일'을 마지막으로 열람한 팀장 김동식이 가장 먼저 현실로 돌아왔다.

"강 선생님, 들립니까? 즉시 현장을 이탈하기 바랍니다. 박세기 요원은 현장을 수습해라. 다른 팀에 생존자가 있는지 수색하고, 구조 요청자가 있는지도 확인하도록. 이상."

"……."

강유진으로부터 대답이 없었다.

아마도 정신을 잃었거나 귓속의 송수신기에 문제가 발생한 것이리라.

하지만 문제는 그렇게 간단하지 않았다.

잠시 후 박세기 요원으로부터 알 수 없는 응답이 들려왔던 것이다.

"팀장님! 지금 파랗고 투명한 여자가, 강 선생을 안고 가버렸습니다."

"무슨 소리야? 중국 여자가 강 선생을 납치했다는 건가? 그걸 보고만 있었나!"

"아니요, 그건 파랗지만 귀신같이 투명했습니다. 사람처럼 보이지 않았습니다. 확신할 수는 없지만, 중국 여자는 아닌 것 같습니다. 저런 중국 여자는 지구상에 없습니다. 진짜 유령처럼 투명한 여자가…… 공중에 떠 있다가 사라졌습니다."

"제길! 알았다. 생존자가 있는지나 찾아봐!"

"예! 그런데, 그 여자는 뭘까요?"

"요원이 직접 보고도 모르는 걸 보지도 못한 우리가 어떻게 알겠나? 관심 끊고, 요원이 오늘 본 것들을 두 번 다시 입 밖에 내지 마라! 이건 명령이다!"

"……알겠습니다."

김동식 팀장의 마지막 말은 제5과에도 기묘한 파장을 불러일으켰다.

…….

제5과의 요원들이 팀장에게 시선을 모았다.

뭔가 설명을 바라는 그런 표정들이다.

하지만 김동식 팀장은 친절하게 설명할 생각이 없었다.

"이제 알았겠지만 강 선생은 보통 사람과 다르다. 시간이 지나면 더 많은 것을 알게 될 거다. 여러분에게 보안서약을 수차례 강조한 것은, 오늘과 같은 일이 일어날 때를 대비해서였다. 대한민국 최고의 비밀은 KEF이고, KEF의 최대 비밀은 강 선생이다.

우리가 가진 정보의 무게는 생명의 값만큼이나 무겁다."

말을 멈춘 김동식 팀장이 요원들 하나하나를 연민의 눈으로 바라보았다.

"그리고, 참고로 알아둬라. 누구라도, 만약 그가 KEF의 보안 서약을 위반하면, TK가 발동될지도 모른다는 사실을."

"……."

TK라는 말에 고참 요원들의 얼굴이 잿빛으로 변했다.

신입이라 그 말뜻을 알 리가 없는 최명석이 심각한 표정으로 서 있는 김진혁에게 물었다.

"선배님, TK가 뭡니까? 대구 경북을 중심으로 무슨 비밀 기관이 있나요?"

"그건 팀킬(Team Kill)의 약자다."

"헉!"

최명석의 입에서 헛바람 소리가 흘러나왔다.

놀라기는 갓 채용된 연구원 출신의 김미연도 마찬가지였다.

그건 말 그대로 국정원에서 –팀킬이라니, 어쩌면 5과에서 맡게 될지도 모른다– 킬러를 보낼 거라는 뜻이다.

'지옥에 한 발 걸치고 있었군.'

그러고 보면 KEF에는 지나칠 정도로 많은 권한이 주어져 있었다. 그건 확실히 죽음을 담보로 하지 않으면 안 될 정도의 것이기는 하다.

'하아! 당연히 타인의 생명을 취하려는 자는 자신의 생명도 내어 놓아야 하겠지…….'

머리로는 이해했으면서도 마음은 무거웠다.

늦었지만, KEF의 일원이 된다는 것이 어떤 의미인지 알 것 같았다. 국정원 내에서 평범하게 생각되던 5과의 요원들 하나하나가 새롭게 보이는 순간이었다.

"박미나 요원은 강 선생을 계속 호출해보도록. 정 안 되면 위성을 이용해서 위치 추적에 들어가라."

"네."

이제 박미나는 더 이상 고민하지 않았다. 이런 미친 특무분과가 누구를 위해서 만들어진 것인지 확실히 인식했던 것이다.

"김진혁 요원과 최명석 요원은 강 선생이 있을 만한 곳을 뒤져라. 새로운 정보가 있을 때마다 박미나 요원이 알려줄 것이다."

"예."

"그리고 김미연 요원과 유희열 요원은, 산업스파이 전담과에 강 선생이 우리 쪽 컨설턴트라는 것을 흘리되, 더 이상 파고들지 못하게 정보를 조작, 차단해라."

"예?"

김미연은 '조작, 차단하라'는 지시에 저도 모르게 되물었다. '순진한 과학자 출신의 자신에게 너무 과한 것을 요구하고 있다'는 생각에서다.

하지만 김동식 팀장은 눈 하나 깜짝이지 않았다.

"김미연 요원, 부전공으로 상담학을 했다는 것은 즉, 우리 중에 자네가 가장 말빨이 세다는 거다. 그 정도 사소한 일은 알아서 커버해 줘야 하지 않겠나?"

"……."

상담학을 말빨로 치환해버리는 무식한 팀장 앞에서 김미연은 아무런 저항도 할 수 없었다.

"아? 네……."

김미연에게 제5과는 모든 것을 빨아들이는 블랙홀과 같았다.

결국 김미연은 유희열을 따라 한쪽 구석으로 가서 -그럴듯한 핑계를 만들기 위해- 머리를 쥐어짜야 했다.

김동식 팀장이 애매한 표정으로 김미연을 곁눈질했다.

직속상관인 박영찬 차장에게 들은 김미연은 '정보 조작의 귀재' 였다.

언젠가 박영찬 차장은 '제5과를 만든 사람은 김미연 요원이다' 라고까지 말을 한 적이 있다.

국정원에서 강유진을 포섭하기로 했을 때, 정보 조작을 담당한 사람이 그녀였단다. 그때 김미연은 누구보다 실감나게 거짓말을 했다. 박영찬 차장의 말에 의하면, '오죽하면 강유진 같은 초인이 저항도 못하고 국정원에 합류하기로 했을까!' 의 수준이다.

그게 김동식 팀장이 알고 있는 김미연의 실체다. 그러니, 어쩌면 애잔해 보이는 저 표정은 조작된 것일지도 모른다.

'맡기길 잘했어!'

김동식 팀장은 저도 모르게 몸을 부르르 떨었다.

*　　　*　　　*

"으으, 머리야……."

강유진이 관자놀이를 두 손으로 꾹꾹 누르며 일어났다. 편두통에 머리가 쪼개질 듯 아팠다.

"그나저나 여긴?"

강유진은 자리에서 일어나 주변을 둘러보았다.

철썩.

"뭐냐……."

차이나타운에서 정신을 잃은 것 같은데 섬이다. 그것도 한눈에 섬의 전경이 들어오는 아주 작은 무인도였다.

멀리 수평선으로 제법 커다란 섬 하나가 보였다.

헤엄쳐서 가기는 불가능한 거리다.

바닷바람이 세차게 불어왔다.

멍하니 서 있던 강유진이 중얼거렸다.

"아이엔? 아직 있는 거냐?"

순간 정면으로 파도가 솟구쳐 오르더니 여자의 형상을 이루었다.

스스스.

파랗고 투명한 몸은 분명 아이엔이었다.

놀란 눈으로 아이엔을 보고 있던 강유진이 머리를 설레설레 흔들었다. 자꾸 몸을 간질이는 바닷바람 속에서 벤투스의 향기가 났던 것이다.

"벤투스 너까지?"

그제야 소용돌이 바람이 소년의 형상으로 바뀌었다.

"그럼 클레베스도?"

해안 절벽에 있던 바위 하나가 꿈틀거리며 몸을 일으켰다. 석화(石化)된 클레베스였다.

"이봐, 너희들, 혹시 내가 정신을 잃어서 돌아가지 않은 거냐?"

"……."

세 정령은 아무런 대답도 하지 않았다.

"다시 돌려보내야 했는데……."

지시하기 전까지 정령들이 돌아가지 않고 있었다니? 그렇다면 자신은 그저 차원을 잇는 통로에 불과한 것이었나? 초고대의 루인족 카론은 정령술을 사용했지만 그런 부분에 대해서는 깊게 생각하지 않았다. 하지만 자신은 다르다.

저명한 물리학자인 스티븐 호킹(Stephen William Hawking)은 일찍이 '외계생명체의 대다수는 미생물의 형태일 것으로 보이지만, 일부는 매우 진화돼 인류에게 큰 위협이 될 수 있고, 그중에 몇몇은 아예 우주를 떠돌고 있을 수도 있으며, 그들 행성의 자원이 고갈되면 지구를 정복하고 식민지화할 수도 있다. 그러므로 외계인과 접촉을 시도하는 것은 매우 위험한 결과를 가져올 수 있다' 고 경고했었다. 정령들 즉, 지능이 있는 생명 에너지에게 이 세상은 어떤 의미일까?

"하아……."

강유진의 입에서 한숨이 흘러나왔다.

모른다. 어느 정도 정령에 대해 알았다고 생각했는데, 곰곰 생각해 보니 아는 게 없었다.

강유진은 정령들을 향해 명령했다.

"돌아가라."

순간 아이엔의 형상이 물방울로 변해 떨어졌다.

바람도 약해지고, 바위거인은 와르르 소리와 함께 무너져 내렸다.

정령이 사라지자, 이번에는 제대로 서 있기가 어려울 정도로 몸이 무겁게 느껴졌다.

"막막하군."

강유진은 자리에 털썩 주저앉아 수평선을 바라보았다.

문득 자신의 그림자를 내려다보니 어느 한쪽으로 기울어짐 없는 모습이다. 머리 위에 태양이 있으니 점심 무렵일 것이다.

배에서 꼬르륵 소리가 났다.

그제야 어제 저녁 이후로 빈속이라는 사실이 떠올랐다.

"배도 고픈데 큰일 났군. 어떻게 돌아가지?"

정령들을 괜히 돌려보냈다는 생각이 들었다.

하지만 강유진은 차원의 마법을 다시 사용하지 않았다. 정령은 다른 차원의 에너지다. 그것도 단지 에너지가 아닌 스스로 생각하고 움직이는 에너지다. 인간의 기준으로 보면 거의 신과 맞먹는 그런 고차원의 존재다. 그런 존재가, 자신이 정신을 잃고 있는 시간 동안 지구에 있었던 것이다. 누구의 간섭도 없이, 오롯이 자신들의 의지대로 행동하면서 말이다.

"정령술에 대해 더 알기 전까지 자제하는 게 좋겠지?"

대신 섬 중앙에 있는 잡목(雜木) 속으로 천천히 걸어갔다. 뜻밖에도 풍광(風光) 좋은 곳에 왔으니 이참에 좀 쉬었다 움직일 생각이었던 것이다.

* * *

시끄러운 소음에 강유진은 인상을 찡그리며 눈을 떴다.

경찰 헬리콥터 한 대가 머리 위쪽에서 빙빙 돌고 있었다.

태양을 보니 아직 한낮이다.

강유진은 그늘 밖으로 걸어 나갔다.

그제야 강유진을 발견한 헬리콥터가 평평한 곳을 찾아 서서히 내려왔다.

어차피 섬에서 벗어날 방법이 없던 강유진인지라 반가운 마음에 가까이 다가갔다.

지면에 착륙한 헬리콥터의 문이 열리며 두 남자가 나왔다.

김진혁 요원과 최명석 요원이었다.

강유진이 멋쩍은 표정으로 손을 흔들었다. 괜히 자신을 찾는다고 섬까지 오게 해서 미안했던 것이다.

'그런데 내가 여기 있는 건 어떻게 안 거지?'

강유진이 섬을 둘러보았다. 다시 봐도 무인도다.

김진혁이 다가오며 목례를 했다. 전에 없이 정중한 인사였다.

얼떨결에 강유진은 같이 머리를 숙여야 했다.

"강 선생님, 모시러 왔습니다."

김진혁 요원이 헬리콥터 쪽을 가리켜 보였다.

"아, 네, 헬리콥터씩이나……."

말을 하던 강유진이 최명석을 힐끗 바라보았다.

복잡한 표정으로 서 있던 최명석이 목례를 했다. 이것 역시 전과 다른 모습이다. 최명석이 상갓집의 상주와 같은 모습을 하고 있다니?

더구나 말 많던 최명석은 김진혁의 곁에 서서 아무런 말도 하지 않았다.

강유진이 걸음을 떼어 놓자 김진혁이 바싹 다가가서 속삭였다.

"경찰에게는 인명구조라고 했으니까, 아무런 말도 하지 마십쇼."

"네."

아마도 헬리콥터 조종사와 불필요한 말을 하게 될까 봐 주의를 주는 것 같았다. 하지만 김진혁의 당부는 기우(杞憂)였다. 프로펠러 돌아가는 소리가 너무 커서 정상적인 대화 자체가 불가능했던 것이다. 더구나 헤드폰을 끼고 있는 사람은 김진혁과 조종사뿐이었다. 애당초 대화를 할 수 있는 상황이 아니었던 셈이다. 그만큼 강유진에게 놀란 김진혁이 보안 유지에 신경을 곤두세우고 있다는 뜻이었다.

인천에서 서울로 올라가는 승용차 안에서 최명석이 물었다.

"그런데, 형님. 거기까지는 어떻게 가신 겁니까?"

"어디?"

강유진은 알면서도 모른 척 되물었다. 굳어 있는 최명석을 놀리기 위해서다.

"형님이 계시던 곳 말입니다. 백아도와 울도 사이의 무인도였습니다. 거길 항해한 배도 없던데……."

"몰라, 나도. 눈 뜨니까 거기더라고. 몽유병이 생겼나."

"무슨 몽유병이 바다를 건너갑니까?"

"그러게 말이다."

강유진이 창밖으로 스쳐지나가는 풍경에 시선을 던졌다.

"진짜 모르세요? 아니면 안 가르쳐주려고 그러시는 거예요?"

"명석아."

"예."

"형도 모른다. 됐냐?"

"……네."

최명석은 더 묻지 않았다. 강유진의 표정에서 거짓말이 아니라는 것을 알았기 때문이다.

이번에는 운전을 하고 있던 김진혁 요원이 룸미러로 뒤에 앉아 있는 강유진을 힐끔 바라보았다.

"그런데 강 선생님, 박세기 요원이 차이나타운에서 유령같이 투명한 여자를 봤다고 하던데…… 그 여자가 강 선생님을 무인도까지 데리고 간 걸까요? 쩝, 그건 비약이 심한 건가?"

"그렇지 않습니다. 생각하신 대로입니다. 그 투명한 여자의 이름은 아이엔, 그녀가 저를 섬에 데리고 간 것 같으니까요."

"……."

놀라서 눈을 끔뻑이던 김진혁은 잊어버리지 않으려는 듯 '아이엔' 이라는 이름을 몇 번이고 되뇌었다.

한편 최명석은 마음이 복잡했다. 강유진이 보통 사람이 아니라는 것은 눈치채고 있었다. 하지만 그것도 정도라는 게 있다.

"참, 그 중국 여자는 어떻게 됐냐?"

“박세기 요원이 갔을 때 형님만 남아 있었다고 하더라고요.”

“그 여자도 사라진 거로군.”

“사라져요?”

“어, 그 크라노스라는 조직의 사람들은 그런 기술을 사용하더라고. 전에도 그런 사람을 한 번 만난 적이 있거든.”

“형님, 그 사람들과 형님이 사용한 이상한 기술들 말입니다.”

“응.”

“그건 뭔가요? 마술 같은 건가요? 아니면 미래과학?”

“우리가 이해할 수 있는 용어로 설명하자면, 그건 마법과 비슷한 거다.”

“마법요? 판타지 소설에 나오는 그런 거요?”

“어.”

“…….”

잠시 묘한 침묵이 흘렀다.

운전을 하고 있던 김진혁이 농담처럼 한마디 툭 던졌다.

“그런 마법, 나도 좀 배우고 싶군요. 강 선생님은 그런 기술을 어디서 배운 겁니까?”

제5과의 요원들이 아는 것은 드러난 현재의 모습들뿐이다. 차장이나 팀장이 그의 과거에 대해서 일절 언급하지 않았기 때문이다.

“글쎄요, 어디서 배웠다기보다는…… 혹시 요원님은 오파츠라는 말을 들어본 적이 있습니까?"

"처음 듣는데요."

강유진은 김진혁 요원에게 오파츠의 개념에 대한 설명을 간략하게 했다. 함께 일할 사람이니 기본적인 궁금증은 풀어줄 생각이었던 것이다.

"저는 우연히 오파츠를 습득해서 그것을 통해 배울 수 있었습니다. 그 사람들도 저와 비슷한 과정을 거쳤을 거라고 생각합니다."

가만히 듣고 있던 최명석이 부럽다는 듯 소리쳤다.

"와아! 대박이다. 나도 그런 거 하나 주워야 되는데!"

"오~ 이제 최명석의 얼굴이 나오네."

"무슨 얼굴요?"

"모르는구나. 너 조금 전까지 무서운 얼굴로 앉아 있었다고."

"제가요? 아닌데……."

사실 최명석은 조금 전까지 강유진이 '어떤 특별한 존재' 일지도 모른다는 생각을 가지고 있었다. 그래서 '형님' 이라고 부르면서도 내심 강유진을 대하기가 껄끄러웠다. 하지만 '오파츠를 습득해 배웠다' 는 말을 듣는 순간 -마치 복권에 당첨된 것처럼- 운이 좋은 사람이라는 것을 알게 됐다. 강유진이 평범한 사람이라는 것을 알게 되니 이전처럼 그를 대할 수 있게 된 것이다.

"아니라고 하면 아닌 게 되냐."

“끙! 제가요, 사실 ‘형님이 외계인인가?’ 하는 생각은 좀 해봤습니다. 저만 그런 생각을 한 건 아닐걸요? 선배님은 그런 생각 안 해보셨습니까?”

궁색해진 최명석이 김진혁 요원을 물고 늘어졌다.

“야, 난 그 정도는 아니다. 난 그냥 초능력자인가 보다 생각했는데. 웬 외계인이냐? 너 좀 특이하다.”

“아, 초능력자도 있었구나!”

그제야 최명석의 고뇌를 알게 된 강유진이 웃음을 터뜨렸다.

“그런데, 내가 같은 사람이라고 생각하니까 마음이 좀 편해지냐? 하핫! 너 좀 엉뚱하긴 하다.”

“제가 개성이 강하다는 소리는 종종 듣습니다.”

궁금증도 풀리고, 슬슬 피로가 몰려오자 김진혁은 라디오를 틀었다. 밤늦게까지 강유진을 찾아다니느라 잠이 부족했던 것이다.

“……어젯밤 산동성의 쓰다오(石島)와 칭다오(青島)에 몰아닥친 쓰나미로 3만 명의 사상자와 5만 명의 실종자, 그리고 15만의 이재민이 발생했는데요, 학계에서는 지진 없이 발생한 쓰나미에 대한 연구가 속히 이루어져야 한다고 입을 모으고 있습니다. 청와대 대변인은 서해에서 발생한 쓰나미가 한국에는 아무런 영향을 끼치지 않았다고 공식 발표했습니다.”

뉴스를 듣던 김진혁이 채널을 돌리며 중얼거렸다.

"이젠 쓰나미 무서워서 바닷가에는 못 살겠네."

"어젯밤에 쓰나미가 있었냐?"

강유진의 물음에 최명석이 고개를 설레설레 저었다.

"저도 어제 뉴스특보 보다가 죽는 줄 알았습니다. 하필 우리가 인천에 왔을 때 서해에서 쓰나미가 발생했다잖아요. 다행히 그게 중국 쪽으로 갔다네요. 그 바람에 중국은 아주 난리났어요. 작년에 후쿠시마(福島)가 쓰나미로 뒤집어졌었잖아요. 이번 쓰나미 피해가 일본에서 난 것보다 세 배는 더 심하다고 하더라고요. 기상이변으로 계속 기록이 갱신되고 있나 봐요."

"확실히 어제는 중국에게 재앙의 날이었지."

김진혁이 고개를 주억거렸다.

"쓰나미 말고 또 무슨 일이 있었습니까?

"아, 강 선생님은 무인도에 들어가 계셔서 몰랐겠군요. 쓰촨성(四川省)에서 진도 7.0의 지진이 있었습니다. 허난성(河南省)에도 태풍이 몰아친다는 기상특보를 들었는데…… 어떻게 됐나 모르겠네요."

"……."

강유진의 표정이 어두워졌다.

하필 어제 밤에 쓰나미, 지진, 태풍이 발생했다니? 모두 자신이 불러낸 정령들과 관계가 있는 단어들이라고 할 수 있다. 하지만 애써 불길한 생각을 떨쳐냈다. 지금까지 셀 수도 없을 만큼 정령들을 소환했지만, 단 한 번도 그런 일은 없었다.

'오비이락(烏飛梨落: 까마귀가 날자 배가 떨어졌다)이다…….'

물론 자신이 정신을 잃고 있었다는 게 마음에 걸리지만, 기본적으로 정령들에게 그 정도의 힘이 있을 리가 없지 않은가?

최명석이 '쯧쯧!' 하고 혀를 차며 말했다.

"모두가 인간이 초래한 재앙이죠. 환경오염이 너무 심해요."

"그건 확실히 맞는 소리야. 인간은 이스터 섬(Easter island: 칠레의 섬)의 몰락을 보고 배워야 하는데. 지구도 우주에서 보면 작은 섬과 같잖아. 환경을 염두에 두고 인구 증가와 경제개발을 조절해야 하는데…… 요즘은 이러다가 진짜 지구 멸망의 날이 올 거 같다니까. 에휴!"

김진혁은 생각만 해도 끔찍하다는 듯 한숨을 푹푹 내쉬었다.

그렇게 요원들이 환경과 인류 종말에 대한 -상당히 절망적인- 이야기를 나누는 동안 자동차는 서울로 진입했다.

# 제8화

## 에르 라크리마,
## 엘의 눈물

박미나가 '강유진의 귓속에 꽂혀 있던 이어폰'과 '타버린 넥타이 핀'을 건네받으며 말했다.

"그나마 이어폰에 내장된 발신 장치가 제대로 작동해서 다행이네요. 이게 아니었으면 위성으로도 강 선생님을 찾지 못했을 테니까요."

강유진이 희미하게 웃어 보였다.

"덕분에 무사히 돌아왔습니다. 감사합니다."

강유진의 인사에 박미나도 기분이 나쁘지 않은 표정이다.

"이번 사건으로 산업스파이 전담팀은 사망 9명, 중상 3명의 커다란 피해를 입었습니다. 하지만 건진 것도 적지 않습니다. 벌써 한국에 크라노스가 들어와 있다는 사실을 알게 되었으니까요. 그리고 한편으로는 우리 5과의 존재 의미가 증명되기도 했습니다."

회의를 주재하던 박영찬 과장이 잠시 말을 끊고 요원들을 둘러보았다.

"여러분이 강 선생에 대해 알고 싶은 마음은 이해합니다. 그러나 알려고 하지 마십시오. 자신이 본 것도 기억에서 지우는 게 좋습니다. 강 선생에 대해 아는 것이 많을수록, 여러분 자신의 안전도 위협을 받게 될 것이기 때문입니다. 다시 말하지만, 강 선생에 대해서는 모르면 모를수록 안전합니다."

"……."

제5과의 요원들은 묵묵히 고개를 끄덕였다.

"잊지 마십시오. 대내외적으로 여러분은 카운슬링과의 직원들이며, 강 선생은 우리의 컨설턴트입니다."

말을 마친 박영찬 과장이 김동식 팀장에게 고개를 끄덕여 보였다.

김동식 팀장이 자리에서 일어났다.

"강 선생을 제외한 여러분은 오늘부터 4개국 장관회의를 위한 훈련에 들어간다. 우리의 신분은……."

박영찬 과장이 강유진을 데리고 자리를 벗어났다.

박영찬 과장이 손수 원두커피를 받아 강유진의 앞에 내밀었다.

"첫 실습훈련이 정말 실전이 되었군요. 어떻습니까, 소감이?"

"매일 카메라를 들고 돌아다닌다는 게 부담스럽다는 것 이외에는, 괜찮았습니다."

"하하, 당분간 카메라를 사용할 일이 없을 겁니다. 앞으로 꼭 필요한 때가 아니면 사용을 권하지 말라고 하겠습니다."

"감사합니다."

"그리고 오늘 중으로 건강검진을 받았으면 합니다."

"건강검진요?"

"그렇습니다. 정신을 잃었었고, 지금 몸의 상태도 개운하지 않다면서요. 몸에 특별한 이상이 없는지 검사를 해두는 게 나을 것 같습니다."

"아, 그렇게 하겠습니다. 어디로 가면 될까요?"

"서울대학병원의 신철호 박사에게 가보는 게 어떻겠습니까? 요원들의 지정 병원도 있지만 혹시라도 정보가 누출될 염려가 있어서요. 만약 신 박사에게 가시겠다면 제가 준비를 해두겠습니다."

박영찬 과장은 임지연 박사의 납치 사건 이후로 국정원 내부에 문제가 생겼다고 믿고 있었다. 그런 이유로 국정원의 지정 병원을 권하지 않았다.

"그럼 신 박사님에게 검진을 받도록 하겠습니다. 그쪽이라면 좀 익숙해서요."

강유진은 망설이지 않고 건강검진에 동의했다. 그렇지 않아도 맥없이 정신을 잃었다는 게 마음에 걸리던 참이다.

"그런데 회사는 어떻게 해야 합니까?"

"회사는 강 선생께서 편한 대로 하십시오. 오늘 당장 그만두셔도 되고, 또 모처럼 만든 자리니까 계속 신분을 유지하는 것도 괜찮지 않겠나 하는 생각도 듭니다."

"대성그룹에서 뭐라고 하지 않겠습니까?"

"임 회장과는 강 선생의 신분에 대해 말을 맞춰 둔 상태입니다. 제5과까지는 몰라도 강 선생이 우리 쪽 컨설턴트라는 것은 알려주었습니다. 임 회장도 강 선생의 특별함에 대해서는 잘 아는 분이라서, 오히려 좋아하더군요. 오히려 임 회장은 강 선생을 명목상의 직원으로라도 남게 해달라고 부탁까지 했습니다."

"놀고먹는 직원이라 월급이 아까울 텐데 용케 그런 생각을 하셨네요."

"하하, 세상에 공짜는 없습니다. 임 회장이 새로운 사업을 진행 중인 건 아시죠?"

"연구소 말인가요?"

"역시 알고 계시는군요. 그쪽에 문제가 좀 있는 것 같았습니다. 작년에는 MIT의 문지용 박사가 납치를 당했었는데…… 올해도 몇 명의 스카웃 대상자들이 잠적하거나 갑작스럽게 심경의 변화를 일으켜서 마음고생이 심하다고 하더군요. MIT의 문 박사의 경우는 지난달에 신변 경호를 요청해 왔다고 합니다."

"그 정도인 줄은 몰랐습니다."

"시작도 하기 전에 벌써 이런데, 만약 연구소가 본격적으로 가동하게 되면…… 휴우!"

생각하기도 싫다는 듯 박영찬 과장이 머리를 설레설레 저었다.

"정말 무슨 일이 터지면 감당하기 쉽지 않을 겁니다. 국정원에서도 흑색요원들을 파견해 상시 감시할 예정이지만…… 만약 크라노스(특이능력자로 구성된 국제범죄단체)에서 연구소나 연구소 관계자들을 노리고 있다면…… 흑색요원들이나 산업스파이 전담팀만으로는 역부족일 거라는 게 임 회장의 생각입니다."

"그랬군요."

"강 선생이 그쪽의 신분을 유지하고 있는 게 좋을 수도 있습니다. 나중에 위장취업을 하게 될 수도 있으니까요."

"……."

강유진이 박영찬 과장을 지그시 바라보았다. 설명을 다 듣고 나니 그냥 그곳에 남아 있어 달라는 말이나 다름이 없다.

"그냥 말씀을 하세요."

"아, 그래주시면 정말 감사하겠습니다. 4개국 장관회의는 길어야 삼 일인데, 그 뒤로도 지구는 돌아갈 테니까요."

한마디로 멀리 보고 그냥 출근하라는 뜻이다.

"알겠습니다. 월급 준다는데 마다할 제가 아니죠. 집 살 때 빌린 돈 갚으려면 등이 휘어지도록 일해야 하거든요."

"하하, 엄살도 심하십니다. 강 선생이 말만 하면 트럭으로 돈을 실어다 줄 사람이 여럿인데……."

"그렇게 많을 리가요. 제 주변에 재벌은…… 별로 없습니다."

원래는 '제 주변에 재벌은 없다' 라고 말하려 했지만, 대성그룹과 친분이 있는 터라 '별로 없다' 고 정정한 것이다.

"이거 섭섭하게 왜 그러십니까? 강 선생께서 원한다면 대통령께서 없는 비자금을 조성해서라도 마련해주실 겁니다."

"쩝, 아무렴 그렇게까지……."

"그럼 시험 삼아 제가 그쪽에 운을 떼볼까요? 강 선생께서 천억 정도 급전이 필요한 상황이라고. 천억이 개인에게는 큰돈이지만 정치인들에게는 꼭 그런 것만도 아니거든요. 역대 대통령들이 은밀하게 쓰다 남긴 통치 자금이 수천억씩 되는 것도 그런 이유입니다."

"어이쿠! 됐습니다."

이야기가 쓸데없는 쪽으로 흐르자 강유진은 손사래를 치며 일어났다.

뒤따라 몸을 일으키던 박영찬 과장이 못내 아쉽다는 듯 혀를 찼다.

"쯧쯧! 혈액형 맞춰 볼까요? A형이시죠?"

"맞습니다."

"그럴 줄 알았습니다."

"하하, 저도 제가 소심한 남자라는 거 잘 알고 있습니다."

"그렇다면, 강 선생의 그런 소심함이 우리나라에는 큰 복이라는 것도 알아두십시오."

"별말씀을. 그럼 이만 가보겠습니다."

강유진이 머리를 숙이려고 하자 대뜸 박영찬 과장이 손을 내밀었다. 악수를 청하는 것이다.

얼떨결에 강유진이 손을 맞잡았다.

그러자 박영찬 과장이 다소 뻣뻣한 자세로 손을 흔들었다. 어딘지 모르게 경직된 인사법이다. 자신도 그걸 아는지 웃으며 변명처럼 말했다.

"이해해주십시오. 아직 군기가 덜 빠져서 그렇습니다."

"얼른 세탁기에라도 넣고 돌리세요."

"……."

침묵하던 박영찬 과장이 담담한 음성으로 대꾸했다.

"농담은 좀 약하시군요."

"……."

강유진의 얼굴이 조금 붉게 물들었다.

박영찬 과장의 진지한 반응을 보니 괜한 소리를 한 것 같다. 자고로 농담이 통하지 않을 때가 가장 난처한 법이지 않은가!

강유진이 '어색해진 분위기를 어떻게 마무리하고 나갈까?' 하고민하고 있을 때다.

박영찬 과장이 환하게 웃어 보였다.

"아하하! 농담입니다! 농담!"

"과장님."

"네?"

"우리는 농담을 자제하는 게 좋을 것 같습니다."

"푸하하핫! 역시 농담이시죠?"

"……."

강유진은 차마 진심이라는 말을 하지 못했다.

정말 우습다는 듯 파안대소(破顔大笑)를 터뜨리고 있는 상대에게 그런 말은 잔혹한 것 같아서다. 그 대신 강유진은 자신의 농담 기술에 대해서 진지하게 반성하기로 했다. 상대가 농담을 할 때는 안 웃고, 진담을 말할 때에 웃었기 때문이다. 자신의 기술이 부족했든지, 군복무 시절 박영찬 과장의 부하들이 마음고생을 꽤나 했을 것 같다.

* * *

미국 매사추세츠 공과대학의 기숙사들이 자리한 이스트게이트(Eastgate). 문지용 박사와 그 가족이 월세 2,500달러를 내고 사용하는 집은 이스트게이트 내에서도 지하철역이 가까웠다. 처음에는 그 점이 마음에 들어 계약한 집이지만, 지금 문지용 박사는 오히려 그것 때문에 고통 받고 있었다.

문지용 박사가 기숙사 아파트 창문의 커튼 사이로 밖을 내다보았다. 학생으로 보이는 사람들과 정체를 알 수 없는 사람들도 거리는 부산했다. 문지용 박사는 특별히 눈에 띄는 사람들이 나타날 때마다 은밀하게 그들의 움직임을 관찰하고 있었다.

그런 문지용 박사를 지켜보고 있던 중년 여성이 불안한 표정으로 말했다.

"여보, 경찰이 밖에 있나요?"

"우리 같은 한국 사람에게 24시간 경찰을 배치해줄 리가 없잖아."

"그래도 당신은 교수잖아요."

"그래, 곧 한국으로 돌아갈 교수지."

"……."

잠시 머뭇거리던 여자가 물었다.

"한국에 안 가면 안 돼요?"

"왜?"

"당신이 한국에 가겠다고 하면서부터 이상한 일들이 계속 생기고 있잖아요. 작년에는 당신이 납치되기도 했었고……."

"그때 나를 납치했던 사람들과 지금 나를 노리고 있는 사람들은 부류가 달라."

"그 사람들 어차피 다 나쁜 사람들이잖아요. 납치 아니면 협박…… 무서워서 더는 이렇게 못 살 것 같아요. 나는 이해가 안 가요. 그냥 연구만 하는 과학자에게 왜 이런 일이 생기는 거죠? 당신이 무슨 대단한 발명을 한 것도 아니잖아요."

문지용 박사가 씁쓰름한 미소로 여자를 바라보았다. 하나밖에 없는 처(妻)가 자신을 제대로 알지 못한다는 데서 오는, 서글픔이 가미된 자조적인 웃음이다.

"그런 대단하지 않은 나를 한국의 연구소에서 원하고 있기 때문이야."

"당신이 가지 않아도 되는 자리라면, 안 갔으면 좋겠어요."

"미안해, 나도 한 사람의 과학자로서 임지연 박사의 차세대 에너지원 연구만큼은 참가하고 싶어."

확실히 문지용 박사는 허울 좋은 애국심으로 한국행을 고집하는 게 아니었다. 비록 한국에서 태어났지만 중학교 때 온 가족이 미국으로 이민을 왔다. 그렇게 코메리칸(Korean American)으로 성장하다 보니 이제는 세계시민(a cosmopolitan) 의식이 더 강했다.

지난해까지의 문지용 박사는 정말 그랬다. 하지만 요즘 그는 틈만 나면 조국이라는 것에 대해 생각한다. 세계시민인 그를 한국인으로 변화시킨 주역은, 믿을 수 없게도 CIA였다. CIA의 요원들에게 끌려갔다 온 뒤로 문지용 박사는 자신이 '한국인' 이라는 것을 새삼 깨닫게 됐던 것이다.

문지용 박사는 그전까지 한국을 조국이라고 의식하며 살지 않았다. 한국은 찾아가면 마음이 편해지는 여러 관광지 중의 하나였다. 그런데 미국사람들은 자신을 '미국에 있는 한국 사람'으로 생각하고 있었다. CIA의 협박과 회유는 바로 그런 이유에서였다. 나이 쉰이 넘어서야 그런 사실을 깨닫게 된 문지용은 큰 충격을 받고 말았다.

"……."

김은희는 더 말하지 않았다.

문지용 박사는 남의 말을 잘 듣는 편이지만, 일단 그의 입에서 '과학자로서'라는 말이 나오면 끝이었다. 어쩌면 그 고집이 오늘날 MIT의 교수라는 자리로 그를 이끈 것인지도 모른다. 그 고집스러움에 반해서 결혼했지만, 때로는 그 고집이 끔찍하게 싫을 때가 있다. 그래도 어쩌랴! 지금은 실질적인 가장인 그의 말을 따를 수밖에 없다.

김은희가 힐끔 거실에 걸린 시계를 바라보았다.

시곗바늘이 오후 3시를 가리키고 있다.

"그럼 당신은 계속 거기서 밖이나 감시하세요. 희원이 피아노 레슨 끝날 시간이니까 나갔다 올게요."

외동아들인 희원이는 주말마다 집 근처의 피아니스트에게 레슨을 받고 있었다. 남편은 '위험하니까 집 밖에 내보내면 안 된다'

고 했지만 '애를 바보로 만들 셈이냐!' 고 우겨서 겨우 허락받은 레슨이다. 그나마 이 레슨도 오늘로 끝이다. 한국으로 떠나기로 한 날이 이 주 정도 남은 것도 있지만, 남편이 더는 안 된다고 극구 반대했기 때문이다.

"조심하고, 애 데리고 바로 와요."

"알았어요."

문지용 박사는 현관문을 잠근 뒤, 다시 창가에 가서 섰다.

대략 5분쯤 지나자, 아파트 주차장을 가로질러 가는 아내의 모습이 보인다. 문지용 박사는 아내가 완전히 사라질 때까지 시선을 떼지 않았다.

소파에 앉아 과학 잡지를 읽던 문지용 박사가 다시 커튼 뒤로 가서 섰다.

지금쯤이면 주차장에 아내의 모습이 보일 때다.

3시 30분.

아내가 아이를 데리러 나간 지 30분이 지났다.

문지용 박사의 입에서 한숨이 흘러나왔다.

하지만 아직 걱정할 수준이 아니기에 '괜찮다' 고 마음을 다독였다. 마트에 들러 먹을거리를 사오는 날이면 이보다 조금 더 늦기도 했으니까.

하지만 긴바늘이 40분을 가리키자 문지용 박사는 더 이상 기다리지 못했다.

"그 사람, 내가 걱정하는 거 알 텐데, 전화라도 좀 해주고 다니지……."

문지용 박사가 아내의 휴대전화로 전화를 걸기 위해 단축 버튼을 누르려고 할 때다.

띠리리링.

휴대전화의 벨소리가 울렸다.

발신자 표시를 보니 '김은희'라는 이름이 떠 있다.

"하아……."

문지용 박사가 안도의 숨을 내쉬며 전화를 받았다.

"여보, 어디야? 왜 이렇게 늦어?"

…….

하지만 처는 아무런 대답이 없다.

답답해진 문지용 박사가 다시 어디냐고 물으려 할 때다.

"문지용 박사, 반갑지 않은 전화를 하게 돼서 미안하게 생각한다."

"……."

문지용 박사의 얼굴이 절망으로 물들어갔다.

음성 변조기를 거친 남자의 거북한 목소리가 귓가로 파고들었다.

"난 유괴범 따위가 아니니까, 경찰에 전화를 하는 어리석은 짓은 하지 마라. 당신도 프로라면, 역시 프로인 나를 인정해야 할 거야. 그렇지 않으면 평생 후회하게 될 테니까."

"……원하는 게 뭐요? 아내와 아이에게 손을 댄다면…… 당신은 결코 원하는 걸 얻지 못할 거요."

"……."

사내는 대답을 하지 않았다.

"대체 원하는 게 뭐냐니까!"

문지용 박사가 버럭 소리를 질렀다.

"당신의 태도가 마음에 들지 않는군. 직업에 대한 편견을 버려. 난 생각보다 섬세한 남자야. 당신의 가족을 무려 두 달 동안이나 지켜봤다고. 그러니까 당신은 나에게 큰소리를 치면 안 돼. 내게 애원하고 매달려야 할지도 몰라. 원하는 걸 돌려받고 싶다면 말이야. 후후후."

남자의 뒤틀린 웃음소리에 문지용 박사가 눈을 질끈 감았다. 이 남자는 CIA가 아니다. CIA는 이렇게 야비하지 않다. 그들은 원하는 게 있으면 빼앗든지, 죽이든지, 나름 공정하게 타협한다. 하지만 지금 수화기 저편의 남자에게서 느껴지는 것은 단지 끈적한 광기뿐이었다.

문지용 박사가 노기를 억누르고 차분히 말했다.

"당신이 뭘 원하든, 내 가족을 볼모로 잡고서는……."

툭.

말하는 도중에 전화가 끊어졌다.

문지용 박사는 급히 발신 버튼을 눌렀지만, 아내의 전화기는 꺼져 있었다.

*　　　*　　　*

같은 시간 뉴욕 록펠러 센터 GE플라자 최고층.

엘리베이터나 건물 설계도에도 나와 있지 않은 공간에서 하얗게 빛나는 옷을 입은 노인이 한 통의 전화를 받고 있었다.

"그러니까 바이올렛 사도의 말을 요약하자면, 한국에 '엘의 적자(嫡子)' 라크리마(Lacryma)의 흔적이 나타났다는 것이오?"

"네, 그런 것 같아요."

"그런 것 같다니, 바이올렛 사도는 라크리마라는 이름의 의미를 모르오? 그것은 불확실함이나 모호함으로 대해서는 안 되는 것이오."

바이올렛, 이소빙이 입술을 질근 깨물었다. 자신도 라크리마의 이름이 가지는 무게를 안다. 마법 종족인 루인족 역사상 가장 강한 마법사. 루인족의 몸으로 태어났지만 창조신의 의지를 받아들여 마침내 신이 된 신화 속의 남자. 루인족은 그 이름을 감히 부르지 못하고 에르 라크리마, 즉 '엘의 눈물'이라고 했다. 그를 라크리마(눈물)로 부르는 것은 루인족의 종말을 예언한 그의 삶이,

루인족의 운명만큼이나 슬펐기 때문이다.

"애석하지만 그걸 확인할 수 있는 상황이 아니었어요. 그의 마법에 치명적인 부상을 입고 공간의 결계 속으로 뛰어들어야 했으니까요."

"라크리마와 맞서고도 살아났다면 그는 라크리마가 아닐 것이오."

"하지만 그는 나의 불을 껐어요. 나의 불은 마법으로도 끌 수가 없는 겁화(劫火)라고요. 나조차도 끌 수가 없어서, 모든 것을 소멸할 각오가 아니면 쓰지 않는 기술인데. 그는 아무런 준비도 없이 단지 말 몇 마디로 내가 만든 지옥불을 껐어요! 그것도 평범한 물줄기로 말이죠."

"그대는 그의 마법 속에서 무엇을 보았소?"

"무엇을 보았냐니요?"

"물로 껐다고 하지 않았소? 물만 보았소? 아니면 다른 것도 보았소?"

"……물만 보았어요."

"그렇다면 역시 라크리마가 아니오. 특별히 뛰어난 원소 계열의 마법사일 것이오. 그런 작은 땅덩어리에 라크리마라니, 있을 수 없는 일이오."

하지만 이소빙은 쉽게 수긍하지 않았다.

"알고 있나요? 의장님과 내가 살았던 대륙은 하나였다고요. 의장님이야말로 지구의 어디에서든 라크리마가 나타날 수 있다는 걸 잊었나요?”

“바이올렛 사도, 불확실한 일로 불안을 조성하지 말 것을 경고하오. 라크리마는 세상에 다시 나타나서는 안 되는 이름이오. 그 불길한 이름을 입에 올리는 것만으로도 나는 매우 고통스럽소.”

그것은 빈말이 아닌 듯 수화기 너머로 미미한 신음 소리가 들려 왔다.

뭐라고 반박하려던 이소빙은 마음에 안 든다는 듯 입술을 삐죽이기만 했다.

하지만 더는 토를 달지 않았다. 제아무리 초인적인 사도들이라고 해도, 안착한 영혼이 흔들릴 정도의 충격을 받으면 고통을 느낀다. 그 고통의 강도가 심할 경우 영혼이 분리되어 소멸할 수도 있으니 서로 조심해야 한다.

‘쯧, 인간의 마음이란…….’

악마같이 독한 인간종도 많지만, 대부분의 마음은 유리그릇 같이 약해서 부서지기 쉬웠다. 약하다는 것은 영지(靈知: 루인족의 영체)가 안착하기 위한 좋은 조건이지만, 그 자체로 치명적인 약점이기도 했다. 루인족의 정신세계가 비범하지 않았다면, 그 약점 때문에 하루도 살지 못했을 것이다.

그래서 이소빙은 의장인 후안 페르난데스(Juan Fernandez)가 충격에서 헤어나올 때까지 침묵을 유지하기로 했다.

한참 만에 의장인 후안 페르난데스가 무거운 음성으로 말했다.

"4개국 장관회의에는 문제가 없겠소? 필요하다면 사도들을 더 보내주겠소."

"아주 많이 필요해요. 나는 그를 감당할 자신이 없어요."

"알겠소."

후안 페르난데스의 입에서 한숨이 흘러나왔다.

이런 때에 라크리마라니? 정말 2012년은 지구종말의 해일까? 라크리마는 신이 된 루인족을 경외하는 의미만 담긴 게 아니다. 그를 라크리마(눈물)로 부르는 것은 그와 관계된 모든 것이 비극적인 종말을 맞이했기 때문이다.

"그리고 바이올렛 사도, 더 이상 그에게 적대적인 행동을 하지 말고 은밀히 접촉해보시오."

"그를 회유하라는 말인가요?"

"만약 그가 또 다른 크라노시안이라면 싸울 이유가 없지 않겠소."

"하지만 그는 내 정체를 알면서도 한국 경찰과 함께 나를 공격했어요. 우리의 뜻을 따르지 않을 거예요."

"흐음, 그 문제는 그때 가서 다시 생각하도록 합시다. 그리고, 그가 정말 시간을 건너온 라크리마라면…… 엘의 뜻이 무엇인지를 물어보시오."

사실 그게 후안 페르난데스가 바라는 것이었다. 오늘날 엘의 뜻이 무엇인지 알아야 한다.

"알았어요. 그러기 위해서는 그가 라크리마인지 아닌지를 먼저 확인해야겠군요."

"정확하오."

"오래 걸리지 않을 거예요."

"마음 같아서는 내가 한국으로 가고 싶지만, 마지막 사도의 부활을 준비해야 하니…… 부탁하겠소."

"최선을 다하겠어요."

이소빙은 전화를 끊고 한동안 허탈한 표정이었다.

의장의 뜻은 분명했다. 그와 적대시하지 말아라. 그가 라크리마인지 확인하라.

"하아! 이번 일로 인천에 만들어둔 중천(中天)의 조직 기반이 무너지게 생겼는데…… 적대시하지 말라…… 고민이네. 아니, 고민할 것도 없으려나? 어차피 나 혼자로는 그를 대적할 수 없으니까."

이소빙이 다시 어디론가 전화를 걸었다.

"이 노사, 만리향은 포기해요. 당분간 중천은 한국에서 손을 뗄 거예요. 그리고 국정원의 간자(間者)에게 연락해서 산업스파이를 전담하는 요원들의 정보를 빼내라고 하세요. 반드시 사진이 있어야 해요. 인천 지방의 경찰청에도 손을 써서 만리향의 총격전에 경찰이 관계됐는지 알아봐요. 관계됐다면 그들의 정보와 사진도 확보해 놓으세요."

전화를 끊은 이소빙이 침상에서 힘들게 일어섰다.

상체에 붕대를 감고 있는 것을 보면 내상이 깊었던 모양이다.

"국정원이든 경찰이든, 털어 보면 알 수 있겠지."

바로 어제 '국정원의 산업스파이 전담팀이 차이나타운에서 총격전을 벌였다'는 뉴스가 나왔으니, 그를 찾는 데 오래 걸리지는 않을 것이다.

하지만 이소빙의 추측대로 일은 쉽게 풀리지 않았다.

다음날 건네받은 국정원 요원의 사진들 가운데 그의 얼굴이 보이지 않았던 것이다. 인천 지방 경찰은 관계하지도 않았으니 분명히 어디선가 어긋난 것이리라.

"그는 누구지?"

이소빙은 결국 그에 관한 어떤 정보도 수집하지 못한 채 다른 사도들의 방문을 받았다.

* * *

몇 가지 학위 덕분에 카운슬링과의 브레인이라고 불리고 있는 김미연이 잔뜩 찡그린 얼굴로 말했다.

"강 선생의 혈중 이산화탄소 농도가 상당히 높았군요. 건강검진을 20시간 지나서 한 걸 감안하면 이산화탄소 혼수가 분명해요. 그게 바로 갑자기 강 선생이 실신한 이유죠. 그 요녀가 강 선생의 주변에 요상한 불을 지펴서 산소를 태우고, 이산화탄소를 대량 발생시켰다는 게 우리의 가설이었는데…… 데이터를 보면 강 선생이 그 요녀와 함께 있던 시간은 고작 오 분도 되지 않아요. 그 짧은 시간에 어떻게 이 정도의 이산화탄소 중독이 진행될 수 있죠?"

"난들 아나."

김동식 팀장이 어깨를 으쓱해 보였다.

오전 내내 강 선생의 데이터를 분석하고 있던 박미나가 헤드셋을 내려놓았다.

"그건 강 선생에게 직접 물어보면 되지 않을까요? 강 선생은 그 여자가 벌인 일을 직접 목격했으니까. 좀 더 사실에 접근할 수 있을 거예요."

"김미연 요원, 강 선생에게 이산화탄소 중독 이외의 다른 증상은 없다는 건가?"

"네, 건강 체질이네요. 참고로 신체 나이는 이십 대 초반이랍니다. 우리 카운슬링과에서 가장 튼튼하다는 말이겠죠?"

"강 선생이 검진 결과에 목을 매고 있으니까, 전화로 알려주도록."

"설마요, 강 선생님 같은 사람이 검진 결과에 신경이나 쓰겠어요?”

“모르는 소리. 오늘 오전에만 두 번이나 전화를 받았다고. 알고 보면 소심한 남자라니까. 그러니까 총무과 같은데서 칠 년이나 근무했겠지. 책상머리에서 칠 년 동안이나 꼼작도 못하고 일했을 걸 생각해보라고. 우리 같은 사람들은 하라고 해도 못해.”

“팀장님이 특별히 열혈남아라서 그런 건 아니구요?”

“어이, 다른 남자들 대답해봐. 책상 앞에서 칠 년 가능하겠어?”

김동식 팀장의 질문에 다들 고개를 설레설레 흔들었다.

“못해요.”

“안 합니다.”

“영업직이라면 또 모를까, 책상은 저도 사양입니다.”

다들 한마디씩 던지자 김동식 팀장이 의기양양한 얼굴로 김미연을 바라보았다.

“보라고. 나만 그런 게 아니라니까.”

김미연도 지지 않고 맞받았다.

“여긴 하나같이 힘이 넘치는 카운슬링과잖아요.”

“와우~ 절대 물러서지 않는군. 자네는 정말 투쟁적이야. 근성이 있어. 그러니 호랑이 굴에 들어온 거겠지만.”

“…….”

김미연은 그저 웃기만 했다.

자신이 제5과의 일원이 된 것은 전적으로 강유진 덕분이다. 만약 강유진의 비밀에 대해 몰랐다면 카운슬링과에는 뽑히지 못했을 것이다.

"남자들만 근성이 있는 건 아니니까요. 애를 낳는 게 근성 없이 되는 일인 줄 아세요?"

*　　　*　　　*

서울의 대성그룹 혁신전략사업부.

분주해 보이는 다른 사람들에 비해 강유진의 자리는 여유가 있어 보였다. 강유진이 하는 일이란 SDI작업장 혁신 연구를 현장에 구현하는 일이다. SDI작업장 혁신 연구가 무엇인지 사람들은 잘 모른다. 강유진도 모르기는 마찬가지다. 그저 사업장의 설비시스템이나 인적 구성을 효율적으로 개선하는 방안일 거라는 정도가 강유진이 아는 전부였다.

강유진이 올리는 결재는 백인호 부장을 거치지 않는다. SDI작업장 혁신 연구를 한무열 이사가 직접 관리하겠다고 했기 때문이다. 한무열 이사는 부회장 임경수의 직속인지라 그룹 내에서 막강한 영향력을 가지고 있었다. 그런 한무열 이사 덕분에 혁신전략사업부 내에서 강유진의 위상도 높았다.

"하하! 강 차장, 자네가 올리는 기안을 볼 때마다 느끼는 건데,

자넨 정말 천재적이야. 자네 덕분에 내가 일할 맛이 난다니까. 그럼, 오늘도 수고하라고."

한무열 이사가 강유진 차장의 어깨를 두드려 보인 뒤에 돌아섰다.

순간 근처에 서 있던 직원들의 허리가 직각으로 꺾였다.

한무열 이사는 눈도 마주치지 못하는 직원들을 향해 가볍게 손을 흔들어 보이고, 유유히 혁신전략사업부를 떠났다.

이윽고 강유진이 자리에 앉자, 몇몇 여직원들이 속삭였다.

"와! 저 깐깐한 한 이사님이 천재적이라고 칭찬을 다 하네. 진짜 일 잘하시나 봐."

"그러게. 난 입사한 뒤로 한 이사님이 저렇게 웃고 다니는 거 첨 봤어. 소문으로는 우리 전략사업부 덕분에 한 이사님의 입지가 더 강화됐다는데. 강 차장님 진짜 대단하다."

"한 이사님이 들고 나가는 저 서류 봐봐. 전부 강 차장님이 혼자 작업한 거잖아. 인간이 아니야."

"참, 김동인 씨는?"

"몰랐구나? 이천의 사업부로 발령 나서 갔잖아."

"안됐다. 강 차장님 곁에 남아 있었으면 고속 승진했을 텐데."

"안되긴, 잘된 거지. 문정식 대리가 산업스파이 짓을 하다가 잡혀갔잖아. 근데 둘이 동창이라고 친하게 지낸 거 잊었어? 같이 엮이지만 않은 것도 어디냐?"

"그건 그렇네."

"거기 일들 안 하고 무슨 잡담이 그렇게 많아! 그러고도 꼬박꼬박 월차 달란 말이 나오지!"

백인호 부장의 호통에 여직원들이 찔끔 놀라 입을 꾹 다물었다.

하지만 대화는 쪽지로 계속됐다.

[백돼지, 오늘 저기압이네.]

[강 차장님 칭찬받았잖아.]

강유진은 다른 사람들보다 귀가 밝다. 당연히 여직원들의 소곤거림을 다 듣는다. 그래서 얼굴이 벌겋게 달아올랐다. 한무열 이사가 가져간 건 어제 '이거 좀 읽어보게' 라며 주고 간 서류였다. 자기가 맡기고 간 서류를 찾아가며 저렇게 대놓고 칭찬을 한 것이다.

'응? 그럼 자기 자신을 칭찬한 건가?'

알쏭달쏭하다.

한무열 이사는 임경수 부회장이 위장취업을 위해 붙여준 사람이다. 임경수 부회장의 말에 의하면 '자신이 가장 신뢰하는 남자' 다. 임경수 부회장은 농담처럼 '어머니는 못 믿어도 한무열 이사는 믿는다' 고 했었다. 강유진은 그것까지는 알 수 없지만 한무열 이사가 아니었으면 다시 시작하는 회사생활로 상당한 스트레스를 받았을 것이 분명했다.

하지만 요즘의 강유진은 행복했다.

집에서 혼자 백수로 지내면 행복을 잘 느낄 수 없다.

하지만 사무실에 나와서 미친 듯이 일하는 동료 직원들을 보고 있노라면, '행복하다' 는 생각이 하루에도 수십 번씩 든다.

하루 종일 인터넷 웹 서핑을 하거나, 책을 읽거나, 이도저도 지겨우면 외근을 나간다.

그래도 한무열 이사는 혼자서 북 치고 장구 쳐가면서 뒤를 봐준다.

드드드드.

휴대전화가 진동한다.

강유진은 느긋하게 발신자부터 확인했다. 카운슬링과의 김미연이다.

"네, 강유진 차장입니다."

자신이 지금 회사에 나와 있다는 것을 알아달라는 뜻이다.

김미연의 맑은 음성이 들려왔다.

"네에, 김미연이에요. 강 선생님, 오늘 하루 어떠셨어요?"

"저야 늘 좋지요. 그런데 어쩐 일로?"

"네에, 건강검진 결과가 나왔는데요. 궁금하시죠?"

김미연은 바로 가르쳐주지 않고 뜸을 들였다.

카운슬링과에서의 경직된 생활 속에서 강유진과의 통화는 유일한 청량제였다. 김미연은 그걸 야금야금 즐기고 있는 것이다.

"네, 괜찮던가요?"

"어머, 괜찮냐고요? 호호! 강 선생님이 가장 건강해요. 신체 나이는 이십 대 초반이라네요."

"그렇군요. 다른 특별한 건 없나요?"

"음, 그렇게 건강한데 왜 정신을 잃었는지, 그게 알고 싶으신 거죠?"

"그렇습니다. 그것도 밝혀졌나요?"

"그건요, 그 요녀가 일으킨 불과 또 다른 뭔가의 작용 때문이에요."

"또 다른 작용요?"

"그날 선생님의 혈중 이산화탄소 농도가 높았네요. 건강검진을 상당히 늦게 했으니까, 처음에는 그보다 많았겠죠? 보통 7-10퍼센트 정도면 사람은 실신을 하게 돼요. 30퍼센트면 죽게 되고요. 20시간 지나서 한 걸 감안하면 10퍼센트 이상이었을 거라고 봐요. 그게 바로 갑자기 강 선생이 실신한 이유죠. 그 요녀가 이상한 불로 산소를 연소시키고, 이산화탄소를 대량 발생시켰다는 게 우리의 가설이에요."

"아, 그렇군요."

강유진이 고개를 끄덕였다.

답답하던 차에 과학적인 설명을 들으니 뭔가 개운해진다.

"그런데 이상한 게 하나 있는데요. 기록을 보면 강 선생이 그 여자와 함께 있던 시간은 고작 4분 30초 정도거든요. 그 짧은 시간에 어떻게 실신할 정도의 이산화탄소 중독이 진행될 수 있었을까요?"

"음, 그건 저도 잘……."

강유진이 인상을 찡그렸다.

자신이 과학자가 아닌데 알 리가 없지 않은가?

"그날의 일을 잘 생각해보세요. 그게 아니라면 다음에도 또다시 그런 일이 생길 수 있으니까요."

"알겠습니다. 뭔가 알게 되면 연락드리지요. 걱정해주셔서 감사드립니다."

말이 길어진다고 생각한 강유진이 서둘러 마무리 발언을 했다.

김미연도 아쉽다는 듯 인사를 건넸다.

강유진은 턱을 괴고 곰곰이 그날 있었던 일을 떠올렸다. 조선족 여자가 불의 마법을 일으킨 것 이외에 특별한 다른 일은 없었다.

'가만, 그 여자가 뭐라고 했는데…….'

마법은 언어의 힘에 의해 구현된다. 그러므로 무슨 말을 했는지가 중요하다.

“당신이 누구든 상관없어요. 사도(使徒)라고 해도 나 역시 크라노시안이 마음에 드는 건 아니니까. 말해봐요. 당신은 크라노시안 인가요?”

“아니, 나는 인간이다.”

“그렇군요. 당신은 인간이었군요. 그렇다면 당신의 그 괴상한 능력은 어디에서 온 거죠?”

“우리가 그 정도 깊이의 대화를 나눌 사이였나? 나는 아니라고 보는데.”

“그래도 내가 원한다면 대답해야 할 거예요. 당신이 인간이라면, 인간에 불과하다면, 나를 거역하지 못해요.”

“그래? 하지만 미안해서 어쩌지? 나는 여자들 말이라면 절대로 거역하며 살기로 작정한 사람이라서 말이야. 참고로 타협하지도 않을 거야.”

분명히 그때 여자가 마법을 시전했다.

“빛, 열기, 타오르는 권능, 급속 동화, 홍염(紅炎)의 사도가 명한다. 염화만개(炎火滿開).”

'맞아. 빛, 열기, 타오르는 권능, 급속 동화였지.'

모두가 불과 관계된 것이지만, '급속 동화'는 좀 다른 것 같다. 그건 분명 시간에 관한 마법이다. 무엇인가 무르익기까지 걸릴 시간을 단축한 것이리라.

'교묘하게 그 속에 치명적인 한 수를 담았군.'

치명적인 것은 바로 눈에 보이지도 않는 이산화탄소의 중독이었다.

강유진의 입에서 한숨이 흘러나왔다. 뒤늦게 위험했다는 생각이 들었다. 정말 죽을 수도 있는 순간이었다. 더 끔찍한 건 그걸 자신이 전혀 모르고 있었다는 것이다. 죽는 순간에도 자신이 왜 죽는지 몰랐을 거라고 생각하니 섬뜩했다.

# 제9화

## 부자유친(父子有親)

"아버지, 제가 부탁한 건 어떻게 됐습니까?"

"부탁? 뭐였지?"

최영섭 상무가 아들에게 되물었다.

물론 몰라서 다시 물어보는 건 아니다. 그룹의 상무인 자신도 내막을 알 수 없는 일이라서 대답해주기 난처했던 것이다.

최일환의 언성이 조금 높아졌다.

"왜 강 차장이 혁신전략사업부로 갔는지 좀 알아봐 달라고 했잖습니까?"

"아, 그거, 나도 잘 모른다."

"모르다니요? 그룹의 일을 아버지가 모를 리가 있습니까?"

최영섭 상무가 뚱한 표정으로 아들을 바라보았다.

"고작 그런 걸 묻기 위해서 근무 시간에 여기까지 찾아온 게냐? 내가 공과 사를 구분하라고 몇 번이나 말했을 텐데."

"저에게는 중요한 문제이니까요."

"왜 그게 중요하냐? 한때 너와 같은 부서에 있어서 궁금한 게 아니었냐?"

"그 사람은 명퇴당한 사람입니다. 명퇴당한 사람이 그룹에 다시 취업할 수 있습니까?"

"거야 내 알 바 아니지. 이게 내 회사도 아니고."

"아버지!"

그제야 최영섭 상무가 아들을 똑바로 보며 물었다.

"너, 분명히 말해봐라. 그저 그 사람의 재입사 과정이 궁금한 거냐? 아니면 그 사람을 끌어내리고 싶은 거냐?"

"……."

최일환은 잠시 머뭇거렸다. 물론 그와 무슨 철천지한이 있는 건 아니다. 하지만 자존심은 때로 원한보다 앞설 때가 있다.

"그가 싫어서 그럽니다."

"왜? 그에게 무슨 문제라도 있느냐? 비리나 뭐 횡령 따위의 일 말이다."

"그런 건 없습니다."

"그런데 왜?"

"그냥 싫으니까요. 누가 싫은데 이유가 있어야 합니까?"

"……."

최영섭이 아들을 지그시 바라보았다. 그렇지 않아도 인사과를 통해 강유진 차장에 대해서는 조금 알아본 바가 있다. 아들과 같은 부서에서 아들보다 먼저 승진한 유일한 평사원 출신의 남자. 어려서부터 자존심이 유달리 강한 아들에게 상처를 입힐 일은 그것밖에 없다.

"총무과에 신은서라고 참한 아가씨가 있다지?"

"네, 그런데요."

"강 차장과 너 중에, 누가 그 아가씨와 더 친하냐?"

"아버지, 갑자기 그런 건 왜 물어보세요. 고작 여자 때문에 이러는 거 아닙니다."

"허헛! 고작 여자 때문에 그러는 게 아니라고? 나는 차라리 네 놈이 여자 때문에 그랬으면 좋겠다."

"그런데 신은서는 왜요?"

"나도 이번에 총무과 직원들을 조사하다가 알게 된 건데…… 엔터프라이즈 신영희 회장 집안의 여자다. 워낙 총명해서 본격적으로 사업을 배워 보라고 신 회장이 우리 그룹에 맡긴 모양이야. 이삼 년 일하다가 옮겨갈 거로 생각했는데, 아직 총무과에 남아 있단다. 난 또 너와 정이 들어서 그런 줄 알고 좋아했는데, 그게 아니었나 보구나?"

"신은서 씨는 누구와 정분이 나서 총무과에 있는 게 아닐 겁니다. 평소 잘 웃지도 않아서 '혈관에 드라이아이스가 떠다니는 여자' 라는 소문까지 있는데요 뭐."

"헐, 그 정도냐? 하여튼 잘해줘라. 혹시 아냐? 신 회장에게 잘 보여서 나쁠 건 없으니까."

"알겠습니다. 그런데 강 차장은요?"

"쯧쯧, 그놈의 고집은…… 내가 손을 좀 써보겠다."

"이왕 하실 거면 확실하게 좀 정리해주세요."

"오냐, 며칠 내로 좋은 소식이 갈 거다."

"감사합니다."

"에잉! 그만 나가봐라. 관계도 없는 부서 사람과 업무 시간에 노닥거리는 거, 위에 알려지면 피차 좋지 않다. 우리 위치 정도 되면 사방에 적이 많아서."

"예."

부친의 사무실에서 나간 최일환 차장이 향한 곳은 혁신전략사업부다. 이제야 비로소 마음에 여유가 생겨 강유진을 찾아보려는 것이다.

최일환 차장이 얼굴 가득 미소를 머금고 입구 쪽의 여직원에게 다가갔다.

"실례합니다. 총무과에서 왔는데요. 강유진 차장님의 자리가 어딘가요?"

“아, 강 차장님요? 조금 전에 휴게실로 나가셨는데요?”

“휴게실요?”

“네, 아! 맞다. 총무과에서 손님이 오셔서 같이 나가셨어요. 지금 가면 만나실 수 있을 거예요.”

최일환 차장이 조금 불쾌한 표정으로 다시 물었다.

“그렇군요. 총무과의 누군지 혹시 아십니까?”

“누군지는 모르겠고요. 예쁘게 생긴 아가씨였는데…… 가끔 우리 강 차장님 만나러 찾아오는 분이세요.”

최일환 차장의 입에서 한숨이 흘러나왔다. 배치받은 지 며칠이나 됐다고 벌써 우리 강 차장님이란다. 게다가 가끔 찾아오는 여직원이라니? 총무과에서 강유진 차장과 친하게 지낸 여직원은 둘이다. 신은서일까? 아니면 김은미일까?

“알겠습니다. 수고하세요.”

“네, 안녕히 가세요.”

여직원이 과장된 몸짓으로 인사를 했지만, 최일환 차장의 눈에는 들어오지 않았다.

최일환 차장은 즉시 휴게실로 걸어갔다.

가면서도 속으로는 쉬지 않고 ‘누구지?’ 라는 질문을 던졌다. 감히 근무 시간에 다른 부서까지 찾아가서 시간을 죽일 미친 여자는 과연 누구란 말인가!

최일환 차장은 –마누라가 바람 피우고 있는 현장을 급습하는 남편처럼- 휴게실의 문을 열어젖혔다.

근무 시간 중인지라 휴게실 안에는 두 사람밖에 없었다.

"어! 신 과장? 여기 있었네?"

최일환 차장이 떫은 표정으로 손을 흔들었다.

신은서의 맞은편에 강유진이 앉아 있었지만 지금 최일환의 눈에는 신은서밖에 보이지 않았다. 부친을 통해 신은서가 신 회장 집안의 사람이라는 소리를 듣지 못했다면 분명히 거친 소리가 나갔을 것이다. 하지만 지금은 '분노'와 '잘 보여야 한다'는 마음이 뒤섞여 혼란스러운 상태였다.

"어머, 최 차장님도 소식 듣고 오신 거예요?"

최일환 차장은 숨을 깊이 들이마셨다. 들끓던 마음이 조금 가라앉는다. 그러고 보니 감정적으로 격앙된 사람은 자신뿐인 것 같다.

신은서는 근무 중에 놀러 다니다가 상급자에게 걸린 것을 심각하게 생각하지 않는 얼굴이고, 강유진도 과거의 그 밍숭맹숭한 표정 그대로다.

'역시나 재벌가의 여자다운 모습이군…….'

이전까지 신은서에 대한 최일환의 느낌은 '일은 잘하지만 이해하기 조금 어려운 여자' 정도였다. 그런데 부친의 말을 듣고 다시 보니 거기에 하나가 더 추가되어 있었다. 그건 배경이 든든한 사람만이 보일 수 있는 '자신감'이다.

“김 대리에게 들었거든. 강 차장님, 그동안 좋은 일이 많았나 봅니다. 신수가 훤해지셨습니다. 다시 오셨으면 총무과에도 좀 들르지 그러셨습니까?”

“에이, 뭐 어때. 모로 가도 서울만 가면 된다잖아? 이렇게 얼굴 다 봤으면 됐지. 내가 뭐 그렇게 대단한 사람이라고 여기저기 인사를 다니나.”

“하하! 여전히 자유인으로 사시는군요. 대단하지 않은 사람일수록 여기저기 인사를 부지런히 다녀야지요. 선배님 하나 때문에 우리 직원들이 바쁘게 여기까지 들락거리고 있잖습니까?”

어딘가 가시 돋친 말을 하면서 최일환은 신은서의 옆자리에 털썩 주저앉았다. 자리에 앉는 동작 하나만 봐도 그의 기분이 어떤지 알 수 있었다.

그래도 신은서는 생글거리는 미소를 잃지 않았다.

“어머, 무슨 말씀이세요? 우리가 인사를 다니는 게 맞죠. 송 부장님이 입원하신 뒤로 우리 중에 강 차장님이 제일 상급자셨잖아요.”

신은서가 제동을 걸자 최일환 차장의 얼굴이 붉게 달아올랐다.

“그건 그렇고, 강 차장님, 요즘같이 어려운 시기에 용케 재취업을 하셨습니다. 무슨 비결이라도 있습니까? 있으면 저도 좀 가르쳐주십쇼.”

강유진이 시큰둥한 표정으로 답했다.

"자네는 뒤에 든든한 '아버님'이 계시잖나. 말만 하면 열 번이고 스무 번이고 자리를 만들어줄 텐데 뭘 그렇게 앓는 소리인가?"

"……."

최일환 차장이 강유진을 노려보았다.

남이 부러워할 만한 배경을 가진 사람이라면 누구나 그렇겠지만, 자신도 가장 듣기 싫어하는 소리가 '뒤에 아버지가 있다'는 것이었다. 그래서 대성그룹에 입사한 뒤로 아버지의 이야기는 단 한 차례도 입에 올린 적이 없다. 그런데 대놓고 그런 소리를 하고 있는 것이다. 그건 자신뿐 아니라 부친인 최영섭 상무에게도 상당히 실례가 되는 소리였다.

"말씀이 좀 심하시군요. 공사(公私)는 구별하셨으면 좋겠는데요, 강 차장님."

강유진이 피식 웃으며 물었다.

"이봐, 자칭 후배. 자네가 나를 찾아온 게 회사 일 때문인가?"

"……."

"자네가 나를 사적으로 찾아온 자리에서 공사를 구별하면 어쩌자는 건가? 자네는 나에게 농담을 해도 되는데, 나는 자네에게 농담을 하면 안 되나? 그런 건가?"

"그런 소리가 아니지 않습니까!"

처음부터 어색하던 분위기가 순식간에 싸해졌다.

그렇지 않아도 최일환에게 해묵은 감정이 남아 있던 강유진이다.

"아니긴 개뿔, 시비를 걸러 왔으면 충분히 알아들었으니까 그만 가봐. 신 과장도 이만 가. 저 사람이 눈을 부라리고 있으니까, 다음에 오붓한 시간을 가져 보자고."

최일환을 약 올리다 보니 헛소리까지 튀어 나갔다.

그런데 신은서의 반응이 뜻밖이다. 아무 소리 하지 않고 일어날 줄 알았는데, 배시시 웃으며 신은서가 화답한 것이다.

"정말요? 약속하신 거예요? 이번에도 빈말이면 진짜 용서하지 않을 거예요!"

"……."

최일환이 멍한 눈으로 신은서를 바라보았다.

조금 전에 아버지에게 '드라이아이스 같은 여자'라고 했는데, 지금의 신은서는 할리우드 영화 속의 뱀파이어 퀸처럼 뜨거운 마력을 발산하고 있었다.

신은서의 말에 놀라기는 강유진도 마찬가지다.

이번에도 빈말이면 용서하지 않겠다니? 언제 신은서에게 빈말을 한 적이 있던가?

그 와중에도 순발력이 뛰어난 강유진은 과장되게 고개를 끄덕였다. 그렇게 해야 최일환 차장이 더 열 받는다는 것을 알기 때문이다.

"하하! 알았어, 알았다고. 아주 나를 잡아먹으려고 드는군!"

말과 함께 강유진이 자리에서 일어섰다.
신은서가 당연하다는 듯 함께 자리에서 일어났다.
최일환 차장은 무엇엔가 홀린 눈으로 떠나가는 두 사람을 바라보았다.
문득 '신은서가 더 이상 총무과에 연연하지 않을 것 같다' 는 생각이 뇌리를 스쳤다.

*　　*　　*

아들에게 강유진 차장을 내보내 달라는 부탁을 받은 그날 저녁, 최영섭 상무는 한무열 이사와 오붓한 자리를 만들었다. 그리고 어느 정도 분위기가 무르익자, 최영섭 상무는 곁에서 술시중 들던 여자들을 모두 내보냈다.
"한 이사님, 이렇게 둘이 자리를 가진 것도 꽤 오랜만이지요?"
"그러게 말입니다. 삼 년쯤 되는 것 같습니다."
한무열 이사는 느긋한 태도로 최영섭 상무를 바라보았다. 지금까지 자신에게 별 관심을 보이지 않던 최영섭 상무다. 대성그룹은 다른 대형 기업과 달리 경영권 다툼이 거의 없다. 형제간에 우의가 좋은 것도 있지만, 임 회장이 그룹을 워낙 투명하게 경영해 왔기 때문이다.
그러다 보니 임원 간에 은밀하게 만나 주고받는 이야기라고 해봐야 친인척들의 취업 청탁 정도다. 임원들의 친인척은 스팩들이 워낙 좋아서, 공채를 통해서도 충분히 입사할 수 있을 정도다. 그럼에도 불구하고 청탁을 하는 것은 '더 잘 봐달라' 라는 말이나 다름없었다.

"오늘 한 이사님을 모신 건, 개인적으로 누구를 좀 알아봤으면 해서입니다."

"허허, 최 상무님께서 관심을 가진 사람이 누군지 저도 궁금해지는군요. 누굽니까? 그 복 많은 사람이?"

"한 이사님께서 잘 아는 사람입니다. 강유진 차장이라고."

순간 한무열 이사의 눈이 번득였다.

최영섭 상무는 본능적으로 뭔가 잘못되고 있다는 걸 알았다. 하지만 이미 입에 올린 이름이다. 여기서 뒤로 물러나면 자신의 모양새만 우습게 된다.

"혁신전략사업부의 강 차장이라면 제가 좀 알지요. 뭐가 궁금하신 겁니까?"

"단도직입적으로 묻지요. 명퇴를 당했다가 SDI작업장 혁신연구의 공으로 재취업을 했다지요? 그 사람 좀 어떻습니까?"

"궁금해 하시는 게, 성격과 같은 인간성입니까? 아니면 업무의 능력입니까?"

"허허! 다다익선(多多益善)이라고, 둘 다 가르쳐주시면 더욱 좋지요."

"솔직히 인간적인 면은…… 오래 알고 지낸 사이가 아니라 저도 아직 모르겠고, 업무는 최상입니다."

"실례되는 질문이지만 강 차장과 혈연관계는 아니시지요?"

"예, 이번에 처음 알게 됐습니다."

"그렇다면 저도 한 이사님을 믿고 말씀드리겠습니다. 한 이사님 주변에는 강 차장을 대신할 만한 사람이 좀 있겠지요?"

"무슨 말씀이신지?"

"강 차장을 퇴사시켜 주시면 감사하겠습니다. 그 대신 앞으로 한 이사님의 일이라면 제가 최선을 다해 돕겠습니다."

"……."

한무열 이사가 황당한 눈으로 최영섭 상무를 바라보았다.

갑자기 만나자고 하더니 강유진을 퇴사시켜 달란다. 자신과 달리 이 사람은 강유진에 대해 뭘 알고 있는 것일까?

"혹시 강 차장에 대해서 좀 아는 게 있습니까?"

"흠! 이대독자이며, 구 년쯤 전에 평사원으로 입사했었다는 것 정도? 그 이상은 저도 모릅니다."

"그런데 왜 강 차장의 퇴사를 원하시는 건지?"

"부끄럽게도 아들 녀석과 강 차장의 관계가 좀 좋지 않은 모양입니다."

"허허, 아직 젊어서 그런 걸 겁니다. 그냥 두 사람을 화해시키는 것이 어떻겠습니까?"

"그 말씀은 도와줄 수 없다는 뜻인가요?"

"죄송합니다. 저도 도와 드리고 싶지만 워낙 유능한 친구라서요."

뜻밖의 대답에 최영섭 상무가 눈살을 찌푸렸다.

"혹시 잊으셨습니까? 주변의 반대를 무릅쓰고 한 이사님을 이사로 끌어 올려준 사람이 바로 저라는 사실을요."

"언제나 감사하는 마음을 가지고 있습니다."

"그런데도 안 된다는 말씀인가요?"

"……."

한무열 이사가 고개를 끄덕였다.

도와주고 싶지만 당연히 안 된다. 부회장의 특별지시로 하고 있는 일을 자신이 왜 뒤엎는단 말인가?

"기업가들 간의 의리도 이제는 옛말인가요?"

"죄송합니다. 혁신전략사업부의 인사는 제 능력 밖의 일입니다."

"한 이사님이 직접 관리하고 있는 직원이라고 들었는데 능력 밖이라니요? 농담이 심하시군요."

"최 상무님, 저의 고충도 좀 이해해주십시오. 핵심전략사업부는 윗분들이 관심을 가지고 들여다보는 분과인지라. 인사의 폭이 생각만큼 넓지 않습니다."

"알겠습니다. 정 그러시다면 다른 라인을 밟아볼 수밖에요. 오늘의 일은 잊지 않겠습니다!"

자존심이 상한 최영섭 상무가 자리를 박차고 나갔다.

묵묵히 앉아서 술잔을 기울이던 한무열 이사가 전화기를 꺼내 들었다.

"부회장님, 한 이삽니다. 늦은 시간에 죄송합니다. 통화가 가능하시겠습니까? 지금 최영섭 상무와 만난 일로 드릴 말씀이 있습니다."

*　　*　　*

다음 날, 출근하자마자 최영섭 상무는 부회장의 호출을 받았다.

회장의 가족들과는 언제나 좋은 관계를 유지하고 있던 최영섭 상무인지라 대수롭지 않은 마음으로 찾아갔다.

부회장과 눈이 마주치자 기분 좋게 인사부터 날렸다.

"좋은 아침입니다. 부회장님!"

"……."

임경수 부회장이 무심한 눈으로 최영섭 상무를 바라보았다.

그제야 뭔가 문제가 생겼음을 짐작한 최영섭 상무는 급히 자세를 낮췄다. 임경수 부회장은 비서실장 출신이라 그룹의 거의 모든 비밀을 손에 쥐고 있는 사람이다. 지금까지 그에게 찍힌 사람들치고 자진해서 사표를 쓰지 않은 사람이 없었다.

"부회장님, 무슨 일로 부르셨는지요?"

"최 상무."

"네."

"마닐라에 대성자동차의 조립 공장을 하나 내려고 하네."

최영섭 상무의 머리가 고속으로 돌아갔다. 마닐라는 필리핀의 수도였다. 그곳에 대성자동차의 조립 공장을 세운다는 말은 금시초문이었다.

"그렇습니까?"

그런데 그 이야기를 왜 나에게? 최영섭 상무의 눈은 그렇게 묻고 있었다.

"그곳에 가서 공장을 세워줘야겠어."

"헉! 하지만 저는 자동차 조립 쪽으로는 아는 게 없습니다."

"그곳에 가지 않는 길은 하나밖에 없네."

"뭡니까?"

"사표를 쓰든지, 마닐라로 가서 공장을 세우든지 하게."

최영섭 상무의 얼굴이 하얗게 질려갔다.

"허걱! 너무 갑작스러운 말씀이십니다. 제가 무슨 잘못이라도?"

"개인적인 감정에 치우쳐서 그룹의 핵심전략사업을 망치려고 한 행위는, 무엇으로도 용서받지 못할 죄일세. 더구나 자네도 알지 않는가? 회장님께서는 친인척의 비리를 가장 혐오하신다네. 그중에서도 인사 개입은 더욱."

임경수 부회장이 최영섭 상무의 눈을 똑바로 바라보았다.

"한 이사가 그새…… 고자질을 한 겁니까?"

"최 상무! 당신은 지금 한 이사를 원망할 때가 아니야. 회장님이 이 일을 알게 되면 마닐라로도 끝나지 않을 테니까!"

최영섭 상무가 고개를 떨구었다.

"……가겠습니다."

"잘 생각했네. 그리고 총무과의 최일환 차장은……."

"그 녀석은…… 선처해주십시오."

"일본의 후쿠시마에 AMLCD의 대리점을 낼 걸세. 그곳의 부장으로 승진 발령 내주도록 하겠네."

"크헉! 후쿠시마요?"

최영섭 상무의 입에서 비명이 흘러나왔다. 후쿠시마는 대지진으로 원자로에 균열이 가서 지금까지도 유령도시라고 불리는 곳이다. 부장이 아니라 사장으로 보내준다고 해도 다들 사양하는 지역이었다. 더구나 AMLCD는 전망이 불투명해서 전략사업에서 제외된 지 벌써 육 개월이 지난 품목이기도 했다.

"퇴직보다는 후쿠시마 지부 부장이 더 명예롭다고 생각하는데."

"그, 그렇게 하겠습니다."

최영섭 상무의 얼굴이 처참하게 일그러졌다.

최씨 일족의 유전자가 몰락하는 소리가 들리는 듯했다.

넋이 나가 절반쯤 유체이탈의 상태에 들어가 있는 최영섭 상무의 귀로 차가운 음성이 들려왔다.

"그리고 자네를 위해 마지막으로 한 가지 충고하지. 꿈속에서라도 강 차장의 인사에 대해 왈가왈부(曰可曰否)하지 말게. 만약 그랬다가는 자네가 비밀리에 해먹었던 모든 비리가 공개될 걸세. 대충 계산해도 20억 이상이나 장난을 쳤더군. 하지만 그 일로 손상될 그룹의 이미지를 생각하면, 200억 이상을 청구해도 자네는 할 말이 없을 거야. 내가 아니라 그룹의 법무팀에서 한 말이야. 그러니 조용히 가서 열심히 일하게. 자식 관리도 잘하고."

"예……."

최영섭 상무가 자리에서 일어섰다. 그리고 문으로 걸어가는데 다리가 후들거린다.

임경수 부회장이 그런 최영섭 상무의 뒷모습을 보며 '쯧쯧!' 하고 혀를 찼다.

"그러게 잘 좀 하지."

상무쯤 되는 위치에서 20억을 가지고 장난친 것은 일도 아니다. 그도 그 정도는 알고 있을 것이다. 문제는 그가 강유진의 퇴사를 목표로 했었다는 사실이다. 그건 회장이나 부회장의 뒤통수를 치는 것과 다를 바 없는 중죄였다. 지금의 대성그룹에 있어서는 말이다.

*　　*　　*

다음 날 아침, 대성그룹의 1층 로비를 지나던 강유진이 피식하고 웃음을 흘렸다.

사내 알림판 앞에 개미떼처럼 모여 있는 사람들을 발견한 탓이다. 이전 같았으면 자신도 저들 속에 들어가 눈에 힘을 주고 있었을 것이다. 지금은 그저 그런가 보다 하고 지나칠 일이지만.

강유진은 엘리베이터 앞에 가서 줄을 섰다.

그런 강유진의 어깨를 누군가 조심스럽게 건드렸다.

돌아보니 혁신전략사업부의 여직원 가운데 하나다. 얼굴이 동그랗게 생긴 귀여운 아가씨가 얼굴을 붉히며 말을 걸었다.

"강 차장님, 안녕하세요?"

"아, 네, 안녕하세요?"

"후후! 지금 시간에 출근하세요?"

"네."

"아, 그러시구나. 오시다가 혹시 저쪽에 인사이동 공지문 보셨어요?"

"못 봤는데요?"

"어머, 아직 안 보셨어요? 지금 그거 때문에 아주 난리 났어요."

"왜요?"

"글쎄, 후쿠시마에 대리점을 낸다잖아요. 사람도 없는 지역에 웬 대리점인지. 하여튼 거기 발령 난 사람들 고민깨나 하겠어요."

"고민요?"

"후쿠시마로 가느냐, 사표를 내느냐, 고민하지 않겠어요? 방사능 지역으로 가족들을 다 데리고 가야 할 텐데."

"아, 그건 그렇겠군요."

"누군가는 가야 하는 게 맞긴 하지만. 다행히 우리 부에서는 아무도 해당사항이 없더라고요."

"아, 네."

잘 모르는 사람과의 대화인지라 건성으로 대꾸 할 수밖에 없다.

그러는 동안 엘리베이터의 문이 열렸다.

강유진은 해방된 기분을 느끼며 재빨리 올라탔다. 여직원은 어떻게든 강유진의 곁으로 가려고 했지만, 그러기에는 사람이 너무 많았다.

*　　*　　*

점심 무렵, 한무열 이사가 강유진을 찾아왔다.

이틀 연속 방문은 처음 있는 일인지라 강유진이 의아한 눈으로 한무열 이사를 바라보았다.

"강 차장, 잠깐 나가지."

"지금요?"

"그래. 점심 살 테니까, 중앙 로비로 가 있게."

"네, 감사합니다."

점심을 사준다는데 마다할 이유가 없다.

한무열 이사와 강유진을 태운 고급 리무진이 도착한 곳은 엔터프라이즈 호텔이었다.

"여기에 예약을 해두었거든."

한무열 이사가 강유진의 옆얼굴을 힐끔 바라보았다.

'이 사람, 정체가 뭐지?'

회장 일가가 키우는 남자인 줄은 알았는데, 상무 일가를 한 방에 날려버릴 수 있는 사람이었다니!

한무열 이사가 강유진을 별관의 모처로 안내하고는 돌아서 나갔다.

그제야 강유진은 점심을 사겠다는 사람이 한무열 이사가 아님을 알았다.

곧이어 임천수 회장과 임경수 부회장이 들어왔다.

"어? 회장님? 부회장님?"

강유진이 자리에서 벌떡 일어섰다. 회사 생활에 적응이 됐는지 회장과 부회장을 보니 반사적으로 몸이 먼저 반응했다.

임천수 회장이 크게 웃으며 악수를 청했다.

"하하! 강 선생님, 아니, 강 차장님. 우리가 강 차장님을 모셔오려고 공을 얼마나 들인 줄 압니까?"

"정말요?"

"쩝! 강 차장님 때문에 기부한 금액이 500억이 넘어요."

곁에 있던 임경수 부회장이 고개를 설레설레 저었다.

500억이라는 말에 강유진도 입을 쩍 벌렸다.

임천수 회장이 괜찮다는 듯 손사래를 쳤다.

"괜찮습니다. 그건 어차피 국가에 기부할 돈이었으니까요. 오히려 강 차장님 덕분에 생색을 내게 됐으니, 우리가 손해를 본 일은 아닙니다. 그건 그렇고, 회사 생활은 어떻습니까? 지낼 만한가요?"

"예, 월급 받기가 미안할 지경입니다."

"잘됐군요. 그렇지 않아도 그 일로 부탁드릴 게 있습니다."

"부탁요?"

임경수 부회장이 지배인을 불러 요리를 주문하는 동안 임천수 회장은 잠시 입을 다물었다. 다른 사람이 들으면 안 되는 내용의 이야기 같았다.

지배인이 돌아가자 임천수 회장의 설명이 이어졌다.

"강 차장님, 작년에 납치됐었던 문지용 박사를 기억하십니까?"

"네."

임천수 회장의 얼굴이 어두워졌다.

"어제 스카우터로부터 연락이 왔었습니다. 문지용 박사의 가족들에게 문제가 생겼다고 하더군요."

"문제요?"

"이번에는 사모님과 외아들이 납치되었다고 합니다."

"……."

"납치범이 경찰에게 연락을 하면 인질을 죽인다고 해서…… 스카우터에게 연락을 했답니다. 연구소의 초빙으로 그렇게 되었다고 생각한 스카우터가 다시 우리에게 연락을 해온 것이고요."

"아! 제가 어떻게 도와드리면 되겠습니까?"

임경수 부회장이 기다렸다는 듯 나섰다.

"껄끄러우시겠지만, 미국으로 출장을 가주셔야겠습니다."

"……."

대성그룹에서 두 번째로 받는 미국 출장 제의다.

잠시 고민하던 강유진이 고개를 끄덕였다. 자신의 개인적인 사정으로 피하기에는 너무 중요한 일이었기 때문이다.

"저는 어렵지 않습니다만, 제가 미국으로 출장을 가도 될지 모르겠군요. 아시겠지만 컨설턴트로 일해주기로 한지라……."

"그쪽에는 이미 양해를 얻었습니다. 오히려 강 차장님을 위해서 직원 하나를 더 붙여주겠다고 하더군요."

"잘됐군요. 그렇게 하겠습니다."

"하아! 정말 감사합니다. 출장 명목은 내가 알아서 만들어 드리겠습니다."

"감사는요, 저도 대성그룹에서 월급을 받고 있지 않습니까. 밥값은 해야지요."

임경수 부회장이 엄살을 떨었다.

"어이쿠! 우리는 그런 뜻으로 강 차장님을 잡아둔 게 아닙니다. 그래도 맡아주신다니 다행입니다. 문지용 박사의 가족들을 위해서 참 잘된 일입니다."

"그런데 언제 가게 되나요?"

"내일 오전 10시 비행기를 예약해두었습니다."

"헐……."

강유진이 황당한 표정으로 임경수 부회장과 임천수 회장을 바라보았다. 설마 그렇게 빨리 가게 될 줄은 몰랐다.

"워낙 문지용 박사 쪽의 상황이 좋지 않아서요."

"이해합니다."

잠시 문지용 박사의 가족에 대한 이야기가 대화의 중심에 떠올랐다.

그리고 대화가 어느 정도 마무리 될 즈음, 음식이 하나둘씩 나왔다.

열심히 음식을 먹던 임경수 부회장이 지나가는 말투로 물었다.

"그런데 임지연 박사와는 연락을 좀 하고 있습니까?"

"아니요. 무슨 일이 있습니까?"

"그건 아니고…… 아니, 젊은 사람들이 무슨 사고가 터져야만 연락을 하고 지냅니까? 그건 좀 아니라고 보는데."

임경수 부회장이 가볍게 눈살을 찌푸렸다.

대화가 이상한 방향으로 흐르자 강유진은 급히 수습에 들어갔다.

"아, 그런 뜻이 아니라, 걱정이 돼서요."

순간 가만히 듣고 있던 임천수 회장이 회심의 일격을 날렸다.

"그렇게 걱정이 되면 직접 전화를 해보면 되지요."

"아, 그렇군요."

당황한 강유진이 머리를 벅벅 긁었다.

그런 강유진을 임천수와 임경수 형제가 야릇한 눈으로 바라보았다. 마치 먹이를 앞에 둔 그런 눈이다.

*　　*　　*

퇴근 전에 강유진은 백인호 부장의 자리로 찾아갔다.

아무리 자신이 한무열 이사의 지휘를 받고 있다고 해도, 혁신 전략사업부를 통괄하는 백인호 부장에게 기본적인 보고는 해야 하기 때문이다.

"부장님, 내일 아침에 미국의 이차전지 생산 공장으로 출장을 가게 됐습니다. 일주일 동안 미국 현지의 공정 과정을 둘러보고 보고서를 제출하라고 하시네요."

백인호 부장이 못마땅한 표정으로 중얼 거렸다.

"누군 뒷배가 좋아서 미국 출장도 가는데…… 누군 좁은 사무실에 앉아서 줄창 커피만 마시고 있으니…… 인생무상이라고나 할까."

"……."

"아니, 강 차장은 내 결재도 안 받으면서 왜 나한테 와서 그런 소리를 하나?"

"그럼, 앞으로는 말하지 않고 그냥 다녀도 되겠습니까?"

"끙, 그냥 해본 소리야. 사람이 대범하게 받아넘길 줄도 알아야지. 잘 다녀오고. 올 때 기념품 같은 거 챙겨 와도 뭐랄 사람 없으니까, 알아서 해."

"예, 그럼 일주일 후에 뵙겠습니다."

"참, 라스베이거스로 가게 되면, 슬롯머신만 조금 하라고. 괜히 카드 하는 자리에 끼었다가 거지 되기 십상이니까. 출장길에 거기 들렀다가 한국으로 돌아오지 못하는 사람 여럿 봤어."

"알겠습니다. 슬롯머신만 하겠습니다."

"그 출장, 나도 같이 갈 수 없을까?"

함께 가고 싶어 죽겠다는 표정이 역력하다.

"같이 가시는 건 자유인데, 돌아오시면 아마 책상이 없어져 있을지도 모릅니다."

"약 올리지 말고, 가봐."

더 얘기하기 싫다는 듯 백인호 부장이 손을 휘저었다.

# 제10화

## 그녀들의 땅 아메리카

인천 국제공항으로 나온 사람은 뜻밖에도 김미연 박사였다.

김미연 박사가 잔뜩 들뜬 얼굴로 소리쳤다.

"강 차장님, 제가 순위에 밀려서 생각도 하지 않고 있었는데요! 영어가 원어민 수준으로 되는 사람이 저밖에 없다면서 등을 떠미네요!"

"하하, 알겠습니다. 그런데, 제가 뭐라고 불러야 하죠?"

"대성 SDI 혁신전략사업부 과장이에요. 차장님의 직속 부하죠. 그럴듯하죠?"

"네, 잘 어울립니다. 그럼 갈까요?"

강유진과 김미연의 예약 좌석은 놀랍게도 퍼스트클래스였다.

당연히 의기양양한 표정으로 탑승한 김미연과 달리 강유진은 좀 심란한 표정이었다.

"강 차장님, 무슨 걱정 있으세요?"

김미연은 언제 입에 붙었는지 차장님이라는 말이 자연스러웠다.

"아뇨. 하지 못한 일을 남겨두고 한국을 떠나려니 기분이 좀 그렇네요."

"하지 못한 일이요?"

"네. 하지만 높이 날수록 떨어질 때의 충격도 크겠죠?"

물론 강유진은 박창섭 의원을 염두에 두고 한 말이다.

4개국 장관회의를 하기 전에 마무리 지었어야 했다. 하지만 갑작스러운 미국 출장으로 기약 없이 연기하게 됐으니 착잡했던 것이다.

"어머! 비행기 타고서 그런 불길한 얘기 하면 안 돼요. 그건 정말 비매너라고요! 그렇지 않아도 난 약간 고소공포증이 있는데."

"이런, 오해입니다. 절대 그런 뜻으로 한 말이 아닙니다. 크게 성공한 악당이 몰락하게 되는 경우를 비유한 겁니다. 그러니까 높이 날았다는 건, 성공을 의미하는 겁니다. 그런 악당일수록 망할 때 느끼는 고통이 크지 않겠습니까?"

"아! 그런 뜻이었군요. 그런 거라면…… 글쎄요, 영화 속의 악당들은 고통을 느끼고 참회하기보다는 원망이나 저주를 하면서

죽던데……."

"그럴지도 모르겠군요."

강유진이 창밖으로 시선을 돌렸다.

비행기가 이륙을 하려는지 속도를 높이기 시작했다.

강유진이 뉴욕의 JFK공항에 도착한 때는 수요일 오전 11시 20분이었다. 수요일 오전 10시에 인천을 떠났는데, 수요일 오전 11시에 미국에 도착한 셈이다. 두 사람은 쉴 틈도 없이 뉴욕에서 보스턴으로 가는 비행기를 갈아탔다.

이래저래 두 사람이 보스턴의 로간 국제공항(General Edward Lawrence Logan International Airport)에 도착한 시간은 오후 4시가 조금 지나서였다.

입국 심사를 마치고 밖으로 나가던 강유진은 잠시 서서 시계를 다시 맞추었다.

"미국에 오면 시간을 번 느낌이 듭니다."

"그러세요? 저는 그냥 피곤하기만 하던데."

"예전에 읽었던 건데요, 미카엘 엔데의 소설 모모에서……."

"아! 시간을 사들이는 이상한 사람들의 이야기 말씀하시려는 거죠?"

"맞습니다. 왠지 지금이라면 시간이라는 걸 사고팔 수 있을 것 같은 느낌이 드는데요?"

"후후, 감수성이 뛰어나신 것 같아요."
"저만 그런 생각을 하는 건가요?"
"아마도요. 저 같은 경우에는 그냥 어디 처박혀서 잠을 편하게 잤으면 좋겠어요."
"그룹에서 보낸 사람이 마중 나왔을 겁니다. 숙소로 가서 잠깐 쉬세요."
"에이, 아무리 제가 피곤해도 그럴 수는 없죠. 그래도 강 차장님을 보좌하는 사람인데. 게다가 강 차장님은 지금 만날 사람이 있잖아요."
"한국인이니까 괜찮습니다."
"오가는 길은 그래도 제가 필요할걸요?"
"그룹의 스카우터가 안내해줄 테니까 너무 신경 쓰지 마세요."
김미연이 섭섭하다는 눈으로 강유진을 바라보았다.
"그래도 제가 필요하다고, 함께 가자고 말씀해주시면 고맙겠어요."
강유진은 김미연의 애절한 시선을 차마 외면하지 못했다. 게다가 김미연은 유일한, 그리고 미국에서 상당히 도움이 되는 파트너였다. 납치범을 상대해야 하는 중요한 임무를 앞두고, 피곤해 보인다는 이유로 그녀를 쉬게 하는 것만큼 어리석은 일이 있을까?
"네, 꼭 함께 가주세요."

"피곤하지만 그렇게 할게요. 감사해요."

사람들 틈에 섞여 한참 걸어가던 강유진이 정면을 가리켰다.

"저기 우리의 스카우터님께서 마중을 나오셨나 보네요."

김미연이 강유진의 손끝을 따라 시선을 돌렸다.

한 남자가 '대성그룹 강 차장님 환영합니다' 라고 적힌 하얀 종이를 손에 들고 있었다.

"영화에서 보면 좀 감격적이던데, 그저 그렇네요."

김미연이 캐리어를 질질 끌며 남자가 있는 쪽으로 걸어갔다.

뒤따르던 강유진이 담담하게 말했다.

"그거야 마중 나온 사람이 누구냐에 따라 다르지 않을까요? 저쪽을 보세요."

김미연이 고개를 돌렸다. 모녀(母女)간으로 보이는 -삼십 대와 오십 대의- 두 여자가 눈물을 흘리며 포옹을 하고 있었다.

"정말 그렇네요. 저럴 때 보면 미국 사람들은 감정 표현이 참 자연스러운 것 같아요. 우리는 아무리 반가워도 남들이 보고 있으면 안으로 삭이는데."

"역시 문화의 차이겠죠?"

고개를 끄덕이던 강유진이 삼십 대 남자 앞으로 성큼성큼 다가갔다.

"안녕하십니까? 제가 대성그룹의 강 차장입니다."

"아! 미국에 오신 것을 환영합니다. 자니 리입니다. 그냥 자니라고 불러주십쇼."

"네, 반갑습니다. 제 옆의 이분은 김미연 과장입니다."

강유진의 소개에 자니가 손을 내밀었다.

"만나서 반갑습니다. 자니 리입니다."

"김미연이에요. 그룹의 스카우터로 계신다고요?"

"네. 자아, 여기서 이러고 있을 게 아니라 가시죠. 이제부터는 제가 안내하겠습니다."

자니를 따라 공항 밖으로 나가자 하얀 벤츠 한 대가 미끄러지듯 다가왔다.

김미연이 뿌듯한 표정으로 입을 열었다.

"저, 벤츠 첨 타봐요."

"저도요."

두 사람의 대화를 듣고 있던 자니가 웃으며 뒷문을 열어주었다.

"하하, 계시는 동안 이 차로 다니시게 될 겁니다."

벤츠에 타서 내부를 둘러보던 김미연이 강유진에게 속삭였다.

"강 차장님, 이런 거 타고 다니면 너무 눈에 띄지 않을까요?"

"……."

강유진은 그 부분에 대해서는 딱히 할 말이 없었다. 자신은 그저 도와주라는 부탁을 받고 와준 것밖에 없었으니 말이다.

조수석에 앉아 있던 자니가 김미연을 향해 -하얀 이가 드러날 정도로- 씨익 웃으며 말했다.

"이건 제 차니까 너무 신경 쓰지 마십쇼. 미국에서 스카우터 노릇 하려면 이 정도는 기본입니다. 스카웃 대상에게 최고라는 느낌을 줘야 하거든요."

운전을 하고 있던 흑인이 키득키득 웃었다.

"오! 자니, 그냥 네가 하얀 벤츠에 미쳐서 그런다고 솔직하게 말하지그래."

"닥쳐~"

자니가 아니라는 듯 손사래를 쳤지만, 김미연과 강유진은 운전사의 말을 더 신뢰했다. 최고도 좋지만, 스카우터치고는 너무 눈에 띄는 차라고 생각한 탓이다.

"이 녀석은 알렉스라고 하는데, 제 오랜 친구입니다. 할 말 못 할 말 다 하는 사이죠. 그렇다고 우리 둘이 사귀는 건 아닙니다. 하하!"

자니는 자신이 말을 하고도 웃기는지 혼자서 피식피식 웃음의 여운을 즐겼다.

알렉스가 '무슨 말인지 영어로 해 달라' 고 하자 자니는 친절하게 영어로 같은 말을 반복했다.

급격하게 뒤바뀐 시차에 적응하지 못한 김미연 박사가 두어 번 졸다 깼을 때다.

마침내 하얀 벤츠는 매사추세츠 공과대학의 기숙사가 자리한 이스트게이트에 도착했다.

자니는 알렉스에게 '오늘은 먼저 퇴근해도 괜찮다'라고 말한 뒤, 일행을 이끌고 문지용 박사의 아파트로 걸어갔다.

* * *

강유진은 초췌한 몰골로 맞이하는 문지용 박사를 보고는 '이곳에 오기를 잘했다'고 생각했다. 그는 정말 누구의 도움도 받지 못한 모습이었다. '세계를 움직일 100인' 가운데 한 사람으로 TIME지가 선정한 사람이라고는 믿어지지 않을 정도다.

"가족들이 납치당한 지 사흘째입니다. 그동안 범인은 하루에 한 차례씩 꼭 전화를 해왔습니다. 그런데 뭘 요구하는 게 없어요. 피가 마를 지경입니다. 보통 사흘 안에 교섭하지 못하면…… 납치된 사람들은 거의 죽게 된다고 하던데……. 제발 가족들을 살려주십시오."

김미연이 차분한 음성으로 물었다.

"지역 경찰에 신고는 했나요?"

"아니요. 자기는 프로라면서 경찰에 신고하면 모두 죽일 거라고 했습니다."

"범인이 한국인이라고 하셨죠?"

"네, 그런데…… 실례지만 누구신지?"

문지용 박사가 스카우터 자니와 대성그룹에서 보낸 강유진 차장을 번갈아 바라보았다. 자니도 알고 강 차장도 알겠는데, 이 여자만큼은 어떤 역할을 하는지 알 수 없었기 때문이다. 김미연 과장이 젊고 아름다운 여자라는 사실에 더욱 못미더웠는지 모른다. 파티에서라면 모를까, 납치사건이 벌어진 현장에는 어울리지 않는 모습이었다.

"문 박사님, 비밀입니다만 여기 계신 김미연 과장님은 사실 국정원의 요원입니다. 범죄 심리 전문가이기도 하지요."

강유진의 설명에 김미연이 고개를 까딱해 보였다.

"네, 그게 바로 저예요."

강유진의 짧은 한마디에 문지용 박사의 태도가 180도로 돌변했다. 과장이라는 직함을 국정원의 과장으로 착각해버린 것이다.

"김 과장님, 도와주십쇼! 제 가족들을 구해야 합니다. 나라를 위해 뭔가 해보겠다는 어쭙잖은 저의 생각 때문에…… 가족을 다치게 할 수는 없습니다! 가족들을 포기하지 않을 겁니다! 절대로 그렇게 하지 않을 겁니다! 절대로요!"

김미연이 차분한 어조로 말했다.

"최선을 다하겠어요. 그러기 위해서는 박사님도 저를 좀 도와주셔야 합니다. 이제 제 질문에 대답을 해주세요. 범인은 한국인입니까?"

"네, 한국어를 유창하게 했습니다. 음성은 변조했지만 한국 사람이 맞습니다."

"북한이나 조선족일 가능성은 없습니까?"

"네."

"말투가 정확한 남한의 표준말이었나요? 아니면 어떤 지방의 특색이 느껴지던가요?"

"표준말이었습니다."

"흐음!"

김미연의 입에서 탄식이 흘러나왔다. 그렇다면 확실히 한국인에 의해 자행된 납치다. 외국의 정보기관이 저지른 일이라고 생각했는데, 막상 범인이 한국인이라니 착잡한 느낌이다. 한국 사람이 미국에까지 와서 같은 한국 사람을 납치하다니?

띠리리링.

기다리던 전화가 다시 왔다.

문지용 박사가 떨리는 손으로 수화기를 집어들었다.

강유진과 김미연도 각자 하나씩의 수화기를 손에 들고 두 사람의 대화에 귀를 기울였다.

역시나 남자의 변조된 음성이 들려왔다.

"문지용 박사, 이제 내 말을 들을 준비가 됐나?"

"바라는 게 뭐요? 뭐든지 들어주겠소. 가족들을 돌려보내 주시오."

"내가 뭘 바라는지 당신이 잘 알고 있다고 생각하는데."

"모르오. 당신이 누군지도 모르는데, 바라는 것까지 어떻게 알겠소?"

문지용 박사는 처음과 달리 침착하게 대응하고 있었다. 도와줄 사람들이 곁에 있다는 것 때문이 심리적인 안정을 되찾게 된 것이다.

"6시에 물건이 도착할 거야. 6시 5분에 다시 전화를 걸지."

"무슨 소리요?"

…….

그러나 이미 상대는 전화를 끊은 뒤였다.

김미연이 문지용 박사에게 말했다.

"아쉽군요. 조금만 더 대화가 진행됐으면 위치 추적을 끝낼 수 있었는데…… 지금으로서는 범인이 보스턴에 있다는 것밖에는 모르겠네요. 그런데 물건이라는 게 뭔지 아시겠어요?"

"저도 모르겠습니다."

자니가 시계를 확인한 후에 중얼거렸다.

"한 시간이 남았군요."

시간은 더디게 흘렀다.

지금쯤 한 시간이 지났다고 생각해서 시계를 보면 고작 십 분이 지났을 뿐이었다.

손등으로 이마의 땀을 훔치던 자니가 김미연의 앞에 있는 소형 패드를 가리키며 물었다.

"그건 아이패드가 아닌가 봐요?"

"네, 한국에서 개발한 최첨단 위치 추적기 천리안이에요. 환율을 감안하면, 대략 3만 달러 정도 할걸요. 현재 수출 협상 중인 나라 가운데 미국도 있으니까, 조만간 미국 영화나 드라마에서 볼 수 있을 거예요."

"와우~ 3만 달러요? 한국의 스파이 장비도 굉장하군요!"

"한국 사람들이 원래 손재주가 좋잖아요. 활용도가 낮아서 개발하지 않았던 장비들 가운데 하나죠."

김미연이 강유진을 힐끔 바라보았다.

사실 올해 국정원에서 제작했거나 제작 중인 첨단 기기들은 십여 종류나 된다. 모두 제5과 전용이다. 이전에는 그걸 운용할 능력이 되지 않아서 아예 만들 생각조차 하지 않았다. 하지만 제5과가 출범하면서 모든 게 변했다. 아이패드와 비슷하게 생긴 천리안도 그중 하나였다.

자니가 천리안을 살피고 있을 때다.

딩동.

순간 모두의 시선이 거실의 시계로 향했다.

6시 정각이다.

황급히 현관으로 간 문지용 박사가 문을 열어젖혔다.

벌써 UPS의 유니폼을 입은 배달원은 저만치 멀어져 가고 있었다.

현관 문 옆에 소형 상자가 하나 보인다.

문지용 박사는 작은 상자를 두 손으로 들고 거실로 돌아왔다.

그리고 상자를 테이블 위에 내려놓는 순간, 김미연이 갑자기 생각난 듯 밖으로 뛰쳐나갔다.

"잠깐만요, 배달원에게 몇 가지만 확인하고 올게요!"

잠시 후 김미연이 실망한 표정으로 돌아왔다. 배달원을 통해서는 송장에 적힌 것 이상의 -발송인에 대한- 정보를 알 수가 없었기 때문이다.

몇 번 심호흡을 하던 문지용 박사가 조심스럽게 상자를 개봉했다.

"으헉!"

비명과 함께 문지용 박사가 상자를 떨구고 뒤로 주저앉았다.

상자 안에 들어 있는 것은 성인 여자의 새끼손가락이었다.

강유진과 김미연, 그리고 자니까지 손가락을 확인했을 무렵, 다시 전화벨이 울렸다.

분노와 절망에 사로잡혀 부들부들 떨고 있는 문지용 박사를 대신해 김미연이 수화기를 들었다.

김미연은 차분한 표정으로 수화기를 문지용 박사에게 건넸다. 문지용 박사의 감정과 별개로 지금은 그가 전화를 받아야 하기 때문이다.

천리안이 다시 움직이기 시작했다.

문지용 박사가 발작적으로 소리쳤다.

"당신! 내가 분명히 가족에게……."

"문지용 박사, 내 앞에서 다시 가족 운운하면 다음에는 외아들의 손가락을 받게 될 거야."

"……."

놀란 문지용 박사는 숨소리조차 내지 못했다.

"손가락을 다 자르면 그 다음은 발가락, 그 다음은 신체의 일부를 떼어서 보내주지. 나는 뭐든지 할 준비가 되어 있다고."

"하아! 원하는 걸 말해주시오."

"좋아. 이제 대화를 할 준비가 된 것 같군. 그나마 경찰에 신고하지 않아서 손가락 하나로 끝난 줄 알라고. 서로를 위해 잘한 일이야."

"……."

"우선 좋은 소식을 들려줄게. 오늘 밤 9시에 김은희 씨를 보내줄 거야."

"희원이는?"

"당신 아들은 웨스트게이트에서 그냥 잃어버린 거야. 내일 경찰에 실종 신고를 해. 그러면 미아로 처리되겠지. 앞으로 당신이 어떻게 행동하느냐에 따라 아들의 운명이 좌우될 거야."

"그게 무슨 소리요!"

"지금은 그냥 그렇게만 알고 있으라고. 명심해! 경찰에는 실종 신고를 하는 거야. 납치니 유괴니 떠들어대서 FBI가 움직이게 되면, 나는 그냥 깨끗이 흔적을 없애고 떠날 거야. 그때쯤 당신의 귀여운 아들은…… 말하지 않아도 알 수 있겠지."

"이, 미친……."

"으흐흐, 그래, 난 미쳤어. 그걸 이제 안 건가? 그럼 일단은 부인과의 재회를 기대하고 있으라고."

"안 돼! 당신!"

그러나 전화는 이미 끊어진 뒤였다.

문지용 박사가 수화기를 바닥에 내팽개쳤다.

콰앙.

곧이어 문지용 박사가 머리를 움켜쥐고 흐느꼈다.

"크흐흑! 희원아…… 내가 미쳤던 거야…… 나 때문에…… 크흑!"

문지용 박사는 자신이 한국행을 고집했기 때문에 이렇게 됐다고 자책하고 있었다.

그런 문지용 박사를 향해 김미연이 담담하게 말했다.

"문 박사님, 절망하긴 일러요. 천리안이 범인을 찾은 것 같아요."

"저, 정말입니까?"

문지용 박사가 눈물로 얼룩진 얼굴을 들어 올렸다.

"범인은 오늘 두 가지 실수를 했어요. 첫째는 우리가 이렇게 빨리 도우러 올 줄 모른 거예요. 그리고 둘째는 우리의 정보수집 능력을 알지 못한 거구요."

"그, 그럼, 이제 어떻게?"

문지용 박사가 김미연을 바라보았다. 납치범의 위치를 알았다지만 갈 만한 사람이 없지 않은가?

김미연이 자신감 넘치는 표정으로 답했다.

"한국 정부에서 미국에 파견해둔 비밀요원들이 있어요. 제가 그들에게 연락을 할게요. 그들이 사모님과 아드님을 구출해줄 거예요."

"감사합니다. 부탁드리겠습니다."

머리를 숙이며 인사하는 문지용 박사와 달리 자니의 얼굴은 어딘지 미심쩍어 보였다.

"미국에서 정말 한국의 정보 요원이…… 작전을 벌일 수 있습니까?"

상식적으로 미국에서 그런 일을 허락할 리가 없다는 생각에서

다.

"차라리 FBI에 연락을 하는 게 어떻겠습니까?"

"우리는 할 수 있습니다."

김미연 박사는 전혀 흔들림이 없는 표정이다.

그 자신감에 자니는 '대단하군요!' 라고 호응할 수밖에 없었다. 뭔지는 몰라도 가능하니까 저렇게 큰소리치는 것이리라.

자니의 눈이 이번에는 '천리안' 이라는 첨단장비로 향했다. 확실히 저런 장비는 첨단이라는 말로도 부족해 보였다.

"요즘 미국에서 한국으로 역이민을 많이 간다던데, 발전하긴 했나 봐요?"

"세계 제일이라는 자부심을 가진 분들이 많으니까요."

"저도 조만간 한국을 방문해 보고 싶습니다."

교포 3세인 자니가 선망의 눈으로 김미연과 강유진을 바라보았다.

강유진이 자리에서 일어났다.

"저는 대성그룹 지사로 가서 회장님으로부터 지시 받은 일을 준비하도록 하겠습니다."

"제가 안내해 드릴까요?"

자니가 김미연과 강유진을 번갈아 바라보았다. 매사추세츠에는 처음이라고 하니 길 안내를 해줘야 하는 게 아닌가 생각한 것이다.

김미연이 강유진에게 물었다.

"아, 그러고 보니 대성그룹의 SDI지사가 보스턴의 다운타운에 있다고 했죠?"

"그렇습니다."

사실 강유진도 대성그룹의 SDI지사가 어디에 있는지는 모른다. 하지만 김미연의 질문에는 일단 '그렇다' 고 화답했다.

"그럼 자니 씨가 강 차장님을 다운타운까지 모셔다 드리면 되겠네요."

"다운타운 어디쯤인가요?"

자니가 강유진을 바라보았다.

강유진이 잠깐 딴청을 하고 있을 때다.

김미연이 재빨리 답했다.

"아까 공항에서 페데랄 스트리트(Federal Street) 100번지라고 하시던데, 맞죠?"

"맞습니다."

자니가 답답하다는 표정으로 강유진 차장을 바라보았다. 말할 때마다 한 박자씩 늦는 게, 사람이 영 둔해 보였다.

"그럼 제가 강 차장님을 그곳까지 모셔다 드리겠습니다. 그리고 바로 이곳으로 돌아와도 괜찮겠습니까?"

자니는 대성그룹의 스카우터답게 끝까지 문지용 박사를 돕고 싶었던 것이다.

"네, 그렇게 해주세요."

김미연이 재빨리 고개를 끄덕였다.

지금으로서는 자니가 '기다렸다가 강유진과 함께 오겠다' 고 하지 않는 게 너무 고마웠다.

자니가 강유진을 따라 주섬주섬 자리에서 일어났다.

내내 가라앉아 있던 분위기가 조금 어수선해졌다.

문지용 박사가 초조한 표정으로 김미연에게 물었다.

"김 과장님, 언제쯤 구조 작전이 시작되겠습니까?"

"이미 시작됐어요."

"네? 벌써 연락이 됐습니까?"

"걱정하지 마세요. 제가 공항에 도착해서부터 지금까지의 모든 대화는 모니터링되고 있습니다. 저희 요원들이 벌써 출발했을 겁니다."

"아!"

문지용 박사의 입에서 탄성이 흘러나왔다. 설마 조국에서 자신에게 이 정도로 잘해줄 줄은 몰랐기 때문이다.

"어서 가시죠. 꾸물거릴 틈이 없습니다."

말과 함께 자니가 강유진의 등을 가볍게 떠밀었다.

가끔씩 인간은, 아주 작은 몸짓과 언행으로 상대방의 전부를 판단할 때가 있다. 지금 자니가 그랬다. 자니는 조금 전의 대화를 통해 강유진을 '어딘지 굼뜬 사람' 으로 인식했다. 자신을 대성그룹의 첨병이라고 생각하고 있는 자니에게 -어딘지 굼뜬 모습의- 강유진은 걸리적거리기만 했다. 그러다 보니 자신도 모르게 친절과는 거리가 멀어지고 있었다.

그건 아파트 앞에서 택시를 타고서도 바뀌지 않았다.

자니는 운전사에게 '페데랄 스트리트 100번지 앞으로 갑시다'라고 말한 뒤 입 한 번 열지 않았던 것이다.

페데랄 스트리트 100번지에 도착하자 자니가 업무상의 인사를 날렸다.

"그럼 수고하시고, 다음에 또 뵙겠습니다."

"아, 네. 감사합니다."

자니를 태운 택시가 멀어져 가자 강유진이 혼잣말로 중얼거렸다.

"내가 왜 고맙다고 한 거지? 어차피 택시 운전수가 알아서 데려다 줬는데?"

하지만 이내 그런 생각을 떨쳐 버렸다.

자니가 아니었으면 택시를 부르고 목적지를 말하는 일련의 행동을 모두 자신이 해야 했는데, 그럴 자신은 없었던 것이다.

띠리링.

거리에서 잠시 머뭇거리는데 문자 메시지가 들어왔다.

[페데랄 스트리트 100번지까지밖에 추적이 안 되네요. 부탁합

니다.]

강유진이 사방을 휘 둘러 보았다. 자신은 번화한 도시의 한가운데 서 있었다. 100번지에서 가장 눈에 띄는 것은 뱅크오브아메리카였다.

"설마 은행에서 그 짓을 벌이고 있는 건 아니겠지."

그렇게 중얼거리면서도 강유진은 뱅크오브아메리카의 창문을 기웃거렸다. 역시나 그저 보통의 은행일 뿐이다.

"어떻게 찾는담?"

암담한 표정으로 두리번거리고 있는 강유진에게 사십 대로 보이는 멕시칸 남자가 다가왔다.

"선생님, 70센트가 필요한데……."

그 뒤로도 남자는 뭐라고 장황하게 말했지만, 강유진이 알아들은 단어는 '선생님(Sir)'과 '70센트(seventy cent)'뿐이었다.

하지만 애석하게도 강유진은 동전을 가지고 있지 않았다. 미국 땅에 와서 잔돈이 생길 만한 일을 아직 하지 못한 탓이다. 지갑 안에 있는 지폐도 100달러와 20달러짜리뿐이다. 이래저래 상대에게 돈을 줄 수 없는 형편이었다.

"No, sorry."

강유진은 가장 자신 있는 단어로 의사를 분명하게 표시했다.

순간 남자의 얼굴이 일그러졌다.

"Fuck You! Japenase! Fuck You!"

강유진은 당황했지만 그러려니 하고 자리를 피했다.

하지만 남자는 'Fuck You!'를 연발하며 계속 강유진을 따라왔다.

단순히 따라오는 정도가 아니다. 언제부터인가 남자는 은근히 강유진을 한쪽 구석으로 몰아가고 있었다.

강유진은 시비를 걸어오는 남자와 몸을 부딪히고 싶지 않아서 이리저리 방향을 바꿔야 했다.

턱.

등이 회색의 콘크리트 벽에 닿았다.

그제서야 강유진은 뭔가 잘못되고 있음을 알았다.

강유진은 천천히 주머니에서 휴대전화를 꺼내 시간을 확인했다.

[6:48 pm]

적어도 7시까지는 시간적인 여유가 있다.

한편, 상대를 구석에 몰아넣은 남자는 비릿하게 웃으며 품안에서 뭔가를 꺼냈다.

칼날이 가늘게 빠진 나이프였다.

그렇게 석양이 지는 보스턴의 외진 골목길에서 강유진은 처음으로 노상강도를 만났다.

"움직이지 마! 죽이고 싶지 않다! 돈 내놔."

남자는 강유진이 영어를 잘 못한다고 생각했는지 천천히, 그리고 또박또박 말했다.

하지만 몸짓만큼은 충분히 위협적이어서 강유진은 저도 모르게 양손을 어깨 높이로 들어 올렸다.

멀리서 몇몇 사람이 힐끔거렸지만, 아무도 가까이 오지 않았다. 한국이나 미국이나 노상강도를 만난 사람을 위하는 이웃은 없는 모양이다.

짧게 한숨을 내쉬던 강유진이 중얼거렸다.

"쉣(shit)……."

그래도 미국이라고 '젠장' 대신에 영어가 나온다.

"What the fuck!"

돌연 남자가 칼로 강유진의 배를 찔렀다.

순간 강유진은 남자의 손목을 잡아챘다. 그리고 가볍게 관절의 반대 방향으로 손목을 꺾었다.

청그렁.

나이프가 바닥에 떨어져 내렸다.

강유진이 발끝으로 나이프를 멀리 걷어찼다.

"헉! Stop! Stop!"

고통이 밀려오자 남자가 연신 'Stop!'을 외쳐댔다.

"너 같으면 그만두겠냐?"

강유진이 손끝에 힘을 더 실었다.

"악!"

단말마의 비명은 어느 나라나 비슷한 모양이다.

강유진은 강도의 관절을 부러뜨릴까 말까를 두고 잠시 갈등했다.

그런 강유진의 귀로 믿을 수 없는 소리가 들려왔다.

"안 · 농 · 하 · 세 · 요"

갑자기 남자가 고통을 참으며 한국어로 말한 것이다.

강유진은 반가운 마음에 저도 모르게 물었다.

"Can you speak Korean?"

"No, No, Just 안농하세요."

강유진은 남자의 어눌한 인사에 피식 웃음을 흘리고 말았다.

머나먼 미국 땅 보스턴에서 멕시칸이 한국말을 하니 신기하기까지 했다.

강유진이 슬그머니 손을 놓아 주자 남자는 미친 듯이 팔을 주물렀다. 그러면서도 힐끔힐끔 강유진의 눈치를 살폈다.

한참 만에 남자가 천천히 말했다.

"고맙다. 당신이 한국 사람인 줄 알았으면, 절대 그렇게 하지 않았을 거다."

남자가 쉬운 단어를 사용했기에 강유진도 알아듣는 데 어려움은 없었다.

하지만 대답은 하지 못했다. 여러 영단어가 뱅글뱅글 입 안에서 맴돌았지만, 그걸 잘 엮어서 말이 되게 할 능력은 아직 없었던 것이다.

강유진의 침묵에도 남자는 '고맙다, 미안하다'를 연발했다.

시간에 쫓긴 강유진이 막 자리를 떠나려고 할 때다.

"그 한국인도 무서웠는데, 당신은 더 무섭다."

"……."

강유진은 남자를 향해 돌아섰다.

그리고 짧은 영어 실력을 총동원해 남자에게 물었다.

"그 한국인이 어디에 사는지 알고 있나?"

"당연하다. 여기서 무서운 한국인은 그 남자뿐이니까."

"어디지?"

남자가 100미터쯤 떨어진 빌딩을 손으로 가리켰다.

"그는 저기에 산다."

순간 강유진은 너무 고마워서 하마터면 남자를 끌어안을 뻔했다.

하지만 강유진은 노상강도로 돌변한 홈리스를 안아줄 정도의 성자(聖者)는 아니다.

"고맙다."

대신 20달러를 꺼내 남자에게 건넸다.

남자는 -강도짓을 하다가 실패한 자신에게 고맙다며 돈까지 주는- 강유진을 이해할 수 없었던지 눈만 끔뻑거렸다.

그런 남자를 뒤에 남겨두고, 강유진은 납치범이 살고 있다는 빌딩을 향해 걸어갔다.

〈6권에서 계속〉